Yvonne Beer
CHRISTBAUMGLÜCK

Yvonne Beer

Christbaumglück

12 froh machende Weihnachtsgeschichten

Francke

Über die Autorin:
Yvonne Beer arbeitete viele Jahre im sozial-diakonischen sowie kirchlichen Bereich, zum Schluss mit Menschen, die eine körperliche oder geistige Behinderung hatten. Heute ist sie Rentnerin und lebt am Niederrhein.

FSC
www.fsc.org
MIX
Papier aus verantwortungsvollen Quellen
FSC® C083411

Bibliografische Information der Deutschen Nationalbibliothek Die Deutsche Nationalbibliothek verzeichnet diese Publikation in der Deutschen Nationalbibliografie; detaillierte bibliografische Daten sind im Internet über http://dnb.dnb.de abrufbar.

ISBN 978-3-96362-224-3

35037 Marburg an der Lahn
Umschlagbilder: © iStockphoto.com / Olesya Chesnokova; Creative design 2017
Umschlaggestaltung: Francke-Buch GmbH
Satz: Francke-Buch GmbH
Druck und Bindung: CPI books GmbH, Leck

www.francke-buch.de

Inhalt

Wo bleibt der Weihnachtsmann? 7
Der Wunschzettel 21
Der Klarinettenspieler 37
Post am Heiligen Abend 50
Ein Hund zu Weihnachten? 63
Taxi 76
Einmal Mini, immer Mini 89
Gesegnete Weihnachten 104
Maria und Josef, die Krippe ist leer! 116
Wiedersehen unter dem Tannenbaum 134
Manuel, mein Weihnachtskind 149
Dein Baum, mein Baum,
o Tannenbaum! 160
Zum Schluss 174

Wo bleibt der Weihnachtsmann?

Sie leben auf dem Lande? Nein? Ach, in der Stadt! Oh … na, das macht aber nichts. Ich lebe auch in der Stadt. Dennoch, die folgende Geschichte hat sich auf dem Lande zugetragen. In der »guten alten Zeit«, als die Welt noch in Ordnung schien. Da hatten wir noch kein Handy, das immerzu unsere Aufmerksamkeit forderte, von Smartphone und Laptop ganz zu schweigen. Und die lieben Kleinen wünschten sich noch eine Ritterburg zu Weihnachten oder die Mädchen eine schöne Puppenstube und kein Tablet oder gar eine Spielekonsole. Aber … lassen wir die gute alte Zeit lieber aus dem Spiel beziehungsweise aus dieser Geschichte heraus.

Also, ich war damals noch ein recht junger Mann und hatte gerade meinen Wehrdienst erfolgreich beendet. Nun wollte ich mich voll und ganz in mein Jurastudium stürzen. Doch unversehens steckte ich in einem Weihnachtsmannkostüm und landete dann auf …

Ach ja – Sie haben vollkommen recht, ich fange lieber ganz von vorne an.

Karl Eisenstein, der während meiner Bundeswehrzeit mein Stubenkamerad war und nach nur zwei Tagen mein bester Freund wurde, hatte mich gebeten, in diesem Jahr für seine Familie den Weihnachtsmann zu spielen.

Ich als Weihnachtsmann? Ich war doch so froh gewesen, nicht mehr jeden Tag die Uniform der Bundeswehr tragen zu müssen! Und nun sollte ich gleich in die nächste Uniform – und sei es auch die eines Weihnachtsmannes – schlüpfen? Nein danke! Aber Karl ließ nicht locker. Er könne das nicht machen, sagte er mir. Seine kleineren Geschwister (Karl hatte fünf davon) würden ihn erstens vermissen und zweitens sofort an seiner Stimme wiedererkennen. Und dann wäre der ganze Zauber dahin, das müsste ich doch verstehen! Außerdem sei es ganz einfach. Karl würde mir sogar das Kostüm besorgen und mir alle notwendigen Ortskenntnisse vermitteln. Also ließ ich mich überreden. Denn was tut man nicht alles für seinen besten Freund, mit dem man einst Seite an Seite durch Schlamm und Staub über den Truppenübungsplatz gerobbt war?

Karl versicherte mir, dass er mir mittags auch die entsprechenden Geschenke vorbeibringen würde, die ich dann alle in einem großen braunen Jutesack verstauen sollte, um damit zur vereinbarten Zeit in die familieninterne Weihnachtsfeier zu platzen.

Schließlich waren alle nötigen Vorbereitungen getroffen. Jetzt gab es kein Zurück mehr für mich. Mittags hatte Karl mir wie verabredet die Geschenke vorbeigebracht, die wir dann gemeinsam im Jutesack verstauten. Am Heiligen Abend machte ich mich also gegen achtzehn Uhr auf den Weg. Mein altes Auto hatte ich weit genug vom Grundstück der Familie Eisenstein entfernt abgestellt. Denn das Haus der Familie lag etwas außerhalb. Die Gegend war so einsam und verlassen, dass man jedes Motorengeräusch schon von Weitem hören konnte. Und ein

Weihnachtsmann kam bekanntlich nicht in einer quietschgelben Ente daher (die das einzige Auto war, das ich mir damals leisten konnte). Entweder kam der Weihnachtsmann mit einem großen von vier Rentieren gezogenen Schlitten, oder aber der gute alte Mann fiel einfach vom Himmel und durch den Schornstein direkt ins weihnachtliche Wohnzimmer. Ich aber hatte keinen Schlitten, von Rentieren ganz zu schweigen. Und durch einen Schornstein wollte ich mich erst recht nicht hindurchzwängen, geschweige denn mich in ihn hineinfallen lassen.

Nach dem Besuch der Christmette fand sich die ganze Familie im gemütlichen Kaminraum ein. Am großen Tannenbaum wurden nach und nach die Kerzen angezündet. Elektrische Kerzen, wie wir sie heute kennen, waren damals noch nicht so weitverbreitet. Der Baum war mit roten Äpfeln und unzähligen Strohsternen und sehr viel Lametta geschmückt. Damit sah er wunderschön aus. Bereits Wochen zuvor hatten die Kinder mit dem Basteln der Strohsterne begonnen. Der Baum war sehr edel, ganz gerade gewachsen, einfach wunderschön. Eine Nordmanntanne wie aus dem Bilderbuch.

Zuerst wurden einige Weihnachtslieder gesungen, wobei der Gesang von der Frau des Hauses auf dem Klavier und von Karl auf der Geige begleitet wurde. Die Kinder spielten fehlerfrei Flöte und sagten brav Gedichte auf. Der Großvater, Ernst Eisenstein, las wie in jedem Jahr die Weihnachtsgeschichte aus dem Lukasevangelium vor.

Der Kaminraum, der zugleich auch Wohnzimmer war, lag im Erdgeschoss der großen Villa. Eine Flügeltür führte auf die große Südterrasse heraus. Dieser Ausgang war aber, um die Kälte abzuhalten, hinter einem schweren und blickdichten Vorhang verborgen. Von der Terrasse gelangte man über eine breite Natursteintreppe in den herrlich weitläufigen Garten hinaus, der wie eine gepflegte Parkanlage wirkte.

Durch diesen Garten und dann die besagte Natursteintreppe hinauf sollte ich kommen, pünktlich um achtzehn Uhr dreißig an der Terrassentür poltern und mir Einlass verschaffen. Karl würde früh genug heimlich die Flügeltür für mich aufschließen.

Als der Großvater die Weihnachtsgeschichte gelesen hatte und behutsam die alte Familienbibel schloss, stieg augenblicklich die Spannung, besonders bei den Kindern. Sie wussten ganz genau: Nach der Weihnachtsgeschichte würde der Großvater das Lied »Stille Nacht« anstimmen. Und dann, nach diesem Lied, würde endlich das folgen, worauf die Jüngsten schon den ganzen Tag fieberhaft gewartet hatten – die Bescherung. Meist lagen alle Geschenke gut sichtbar, bunt eingewickelt und mit Schleifen versehen unter dem Tannenbaum verteilt. Aber an diesem Platz lagen am heutigen Heiligen Abend nur einige ganz große Pakete, keine von den vielen kleinen, die es sonst zusätzlich gab. Es musste also noch etwas ganz Besonderes kommen! Die Familie sang mittlerweile die letzte Strophe und Karl blickte nervös immer wieder zur Terrassentür hinüber. Jeden Augenblick musste ich mich doch durch Poltern bemerkbar machen und dort auftauchen!

Aber ich tauchte nicht auf. Auch nicht, nachdem alle noch »O Tannenbaum« gesungen hatten. Zur Überbrückung durfte Heidemarie noch ein Gedicht aufsagen. Das fand sie, so wurde mir später erzählt, gar nicht so gut. Danach schlug Karl vor, noch »Leise rieselt der Schnee« zu singen. Und als ich am Ende dieses Liedes immer noch nicht aufgetaucht war, schlug Opa kein weiteres Lied mehr vor, sondern er schlug sich stattdessen energisch auf sein rechtes Knie und meinte laut: »Genug!« Alle schauten das Familienoberhaupt erstaunt an. Dieses aber brüllte nun: *»Wo ist er?«*

»Wo ist *wer*?«, wollte Karls Mutter, Frau Emilie Eisenstein, nun wissen. Der Großvater erhob sich aus seinem ledernen Ohrensessel, sah seinen Enkelsohn Karl eindringlich an und fragte ihn:

»Wo bleibt der Weihnachtsmann?«

Die anderen Familienmitglieder staunten nicht schlecht. Ah! Der Weihnachtsmann wurde also heute erwartet. Das hatte es noch nie gegeben. Sicher hatte Karl etwas damit zu tun. Oder damit, dass er nicht kam? Nein, daran war Karl eigentlich nicht schuld. Oder doch? Also, an mir lag es auf jeden Fall nicht! Ganz bestimmt nicht! Denn ich hatte um achtzehn Uhr zwanzig meine erste Hürde, die nicht gerade niedrige Gartenmauer, erfolgreich überwunden. Danach wollte ich schnell den weiten Rasen überqueren, um dann die breite Treppe zur Terrasse hinaufzueilen und schließlich durch die Terrassentür … aber so weit kam ich gar nicht erst.

Ernst Eisenstein hatte also gefragt, wo der Weihnachtsmann bleibt. Aber bevor jemand aus dem Familienkreis überhaupt darauf reagieren konnte, kam Fritz, Karls jüngster Bruder, aufgeregt in den Kaminraum gestürzt. Keiner hatte bemerkt, dass der Junge den Raum zuvor heimlich verlassen hatte. Umso erstaunter waren sie nun über seinen plötzlichen panischen Auftritt.

»Er ist weg!«, rief Fritz ganz aufgeregt.

»Wie – er ist weg?«, fragte Karl völlig erstaunt.

Der Großvater hingegen bekam nun einen seiner berühmten Lachanfälle und gluckste: »Er ist weg? Er war doch noch gar nicht da!«

»Was meinst du?«, fragte Fritz verwirrt. Er begriff rein gar nichts. Der Großvater jedoch konnte sich beim besten Willen nicht mehr beherrschen und rief: »Der Weihnachtsmann ist weg!«

»Der Weihnachtsmann?«, fragte der kleine Fritz ungläubig. »Was denn für ein Weihnachtsmann?«

»Das möchte ich auch gerne wissen!«, meinte nun Karls Vater Otto Eisenstein in strengem Ton. Fritz jedoch hatte wirklich keine Ahnung, wieso plötzlich vom Weihnachtsmann die Rede war. Er wusste nur, dass sein Hund Hektor nicht mehr in seinem Zimmer, sondern spurlos verschwunden war. Deshalb rief er ganz verzweifelt in die große Runde: »Hektor ist weg!«

»Hektor!?«

Nun waren alle hellwach. Sollte der Weihnachtsmann doch bleiben, wo der Pfeffer wächst! Hektor ging vor. Dieser Hund war schließlich so etwas wie ein Familienmitglied. Fritz hatte den Hund erst im Frühjahr zum Geburtstag bekommen. Seitdem waren beide unzertrennlich. Dass Hektor am Weihnachtsabend nicht mit dabei sein durfte, hatte Fritz hart getroffen. Er hatte den Hund in seinem Zimmer im Erdgeschoss zurücklassen müssen. Eigentlich sollte der Hund immer im Stall bei den Pferden schlafen. Doch Fritz holte ihn jede Nacht heimlich zu sich in sein Zimmer. Hektor war also, während die ganze Familie im Kaminzimmer versammelt auf die Bescherung wartete, allein im Zimmer von Fritz zurückgeblieben.

Doch dann hatte der junge, noch unerfahrene Hund plötzlich draußen im Garten für einen Menschen kaum wahrnehmbare Geräusche vernommen. Wie der Blitz war er daraufhin durch das geöffnete Fenster in den Garten gesprungen. Ja, und dann hatte er diesen komischen Mann im roten Anzug mit der schiefen Mütze und dem weißen viel zu langen Bart entdeckt. Und diesen prallen Jutesack, den fand Hektor doch sehr verdächtig. Sicher ein Einbrecher, der versuchte, sich mit seinem Diebesgut in Sicherheit zu bringen! Das musste der wachsame Hektor unbedingt verhindern.

Was Hektor nicht wusste: Ich war natürlich kein Einbrecher, ganz im Gegenteil. Ich, als lieber Weihnachtsmann getarnt, brachte viele schöne und wertvolle Geschenke mit! Aber mit meinem Schicksal war ich in guter Gesellschaft – denn auf Briefträger sind Hunde im Allgemeinen ja auch nicht gut zu sprechen, obwohl die Postboten nicht nur Rechnungen und Mahnungen ins Haus bringen, sondern auch Liebesbriefe und Geschenkgutscheine. Also, kaum hatte Hektor – ein zerzauster irischer Wolfshund und trotz seiner Jugend schon recht groß – mich entdeckt, kam er augenblicklich auf mich zugesprungen.

Karl hatte mir fatalerweise nichts von einem Hund gesagt. Ich aber hatte Angst vor Hunden, vor allen Hunden. Selbst um ganz kleine Hunde machte ich einen riesigen Bogen. Glücklicherweise konnte ich mich noch rechtzeitig auf den nächsten Baum retten. Da hockte ich also nun und der Hund saß unten am Stamm und ließ mich keine Sekunde mehr aus den Augen. Ich versuchte es mit gutem Zureden. »Braver Hund! Geh schnell zu deinem Herrchen!« Aber dieser große graue zottelige Hund reagierte überhaupt nicht auf meine wohlgemeinten Worte. Er wedelte ununterbrochen mit seinem Schwanz und sprang immer wieder an dem Baum hoch. In meiner Ahnungslosigkeit, was Hunde angeht, deutete ich sein Verhalten natürlich vollkommen falsch. Hektor war keineswegs gefährlich. Im Gegenteil, er war noch recht jung und von daher noch sehr verspielt. Für ihn war mein Erscheinen eine willkommene Abwechslung. Es musste wirklich ziemlich langweilig für ihn gewesen sein, im Zimmer brav auf sein Herrchen zu warten. Dagegen war es viel aufregender, den Weihnachtsmann durch den großen Garten zu jagen, besonders für mich. So saß ich nun als Weihnachtsmann verkleidet im Baum und fürchtete um mein junges Leben.

In der Villa Eisenstein indes wurde überall

fieberhaft nach dem Hund gesucht. Die Familie war im ganzen Haus verteilt. Das Haus war nicht gerade klein. Es dauerte also eine Weile, bis alle Räumlichkeiten abgesucht waren. Bald wurde die Suche auf die Stallungen der Pferde ausgedehnt. Schließlich begab man sich mit Fackeln bewaffnet in den Garten hinaus. Als ich die Lichter sah, die sich langsam auf mich zubewegten, atmete ich ganz erleichtert auf. Jetzt endlich nahte Rettung für mich! Fritz rief laut nach seinem Hund. Dieser begann nun wie wild zu bellen, bewegte sich dabei aber keineswegs von seinem Platz. Schließlich sollten alle in der Familie sehen, wie wachsam ihr Hund war. Innerhalb weniger Augenblicke war die ganze Familie Eisenstein um den Baum versammelt und konnte sich beim Anblick, der sich ihnen bot, vor Lachen nicht mehr halten. Gut, ich gebe zu: Ein Weihnachtmann, der im Baum sitzt und sich krampfhaft am Stamm festklammert, ist auch kein alltägliches Bild. Ich muss urkomisch ausgesehen haben. Dabei fand ich das gar nicht so lustig. Denn meinen ersten Auftritt als Weihnachtsmann hatte ich mir wirklich ganz anders vorgestellt, das können Sie mir glauben!

Nachdem mich Karl aus meiner misslichen Lage gerettet hatte, gingen wir alle gemeinsam zurück zum Haus. Und Hektor durfte zur Belohnung, weil er so wachsam gewesen war, mit in das festlich geschmückte Weihnachtszimmer, in dem dann endlich mit ziemlicher Verspätung doch noch die Bescherung stattfand.

Es wurde ein wunderschöner, unvergesslicher Weihnachtsabend. Wir packten Geschenke aus, sangen noch einige Lieder und Opa Eisenstein las eine uralte, märchenhaft schöne Weihnachtsgeschichte vor. Wir knabberten unglaublich viel Gebäck und verputzten Apfelsinen und Nüsse. Vor allen Dingen aber lachten wir viel und sehr herzhaft miteinander. Nie wieder habe ich in so großer Runde und in solch einer heiteren und ungezwungenen Atmosphäre Weihnachten gefeiert. Hektor ließ mich den ganzen Abend nicht mehr aus den Augen, obwohl ich inzwischen längst mein Weihnachtsmannkostüm abgelegt hatte. Irgendwann brachte ich endlich den Mut auf, ihn ganz vorsichtig zu streicheln. Bevor ich wusste, wie mir geschah, schleckte mir der riesige Hektor einmal quer über mein Gesicht. Wahrscheinlich wollte mir der brave Hund damit nur auf seine Art ein Dankeschön für den aufregenden Abend sagen.

Und als wir am Ende noch das Lied »Oh du fröhliche« sangen, kehrte tiefe Weihnachtsfreude in mein Herz ein.

Vorlesezeit: 13 Minuten

Der Wunschzettel

Lange vor Weihnachten, meist schon ab dem Ende der Herbstferien, üben sich erstaunlich viele Kinder plötzlich in Schönschrift. Aber denken Sie bloß nicht, diese Anstrengungen hätten etwas mit der Schule zu tun – nein, ganz und gar nicht!

Sie kennen das bestimmt auch: Alle naselang kommen in dieser Zeit ihre Kinder oder Enkelkinder zu Ihnen, schmiegen sich voller Zärtlichkeit an Sie und hauchen: »Zu Weihnachten wünsche ich mir ein Fahrrad.«

Auch Sabine tut das. Aber Sabine ist nicht das einzige Kind auf dieser weiten Welt, das sich zu Weihnachten ein Fahrrad wünscht. Und Sabines Eltern sind nicht die einzigen Eltern, die sich mit dem Hinweis auf den

Wunschzettel herausreden: »Ja, am besten du schreibst all deine Wünsche, die du zu Weihnachten hast, schön sauber auf einen Wunschzettel. Den kannst du dann als Brief an den Weihnachtsmann schicken. Aber du musst *ganz besonders schön* schreiben und ohne Fehler, sonst kann der Weihnachtsmann deinen Wunschzettel überhaupt nicht lesen.« Und so beginnt in vielen Familien die alljährliche Wunschzettelaktion. Unzählige Kinder sitzen still in ihren Zimmern und schreiben all ihre großen und kleinen Weihnachtswünsche sorgfältig auf einen Wunschzettel – in Schönschrift und in dem Bemühen, bloß keine Rechtschreibfehler zu machen. Früher, als ich selbst ein Kind war, ist es zumindest noch so gewesen.

Eines Tages saß auch der kleine Sebastian in seinem Zimmer. Doch er hatte nur einen einzigen Wunsch auf seinem großen Zettel stehen, der allerdings nicht für den Weihnachtsmann bestimmt war. Auf diesem Zettel stand:

Lieber Gott!
Ich wünsche mir zu Weihnachten ganz dringend Eltern,

eine Mutti und einen Vati. Danke!
Dein Sebastian

PS: Dem Weihnachtsmann konnte ich das nicht schreiben, der kann, glaube ich, nur ganz normale Geschenke bringen.

Diesen Zettel steckte Sebastian in einen weißen Briefumschlag. Mit dem Umschlag in der Hand begab sich der kleine Mann in Richtung Stadtpark, an dessen anderem Ende die Friedenskirche stand. Sebastian hatte diese Kirche auf seinem Schulweg, der ihn täglich am Stadtpark vorbeiführte, entdeckt. »Das ist ein Gotteshaus«, hatte man ihm gesagt, als er gefragt hatte, was das wohl sei. Von daher wusste Sebastian nun, wo Gott wohnte. Denn die Kirche, in der sein Schulgottesdienst stattfand, sah seiner Meinung nach nicht nach einem richtigen »Gotteshaus« aus. Sie war nicht so prächtig und hatte keinen so hohen Kirchturm wie die Friedenskirche am Park. Folglich musste Gott also in dieser großen, stattlichen Kirche wohnen, die sogar einen richtigen Glockenturm hatte. Als Sebastian die Friedenskirche erreicht hatte, musste er enttäuscht feststellen, dass die große Kirchentür fest verschlossen war. Er rüttelte ganz kräftig an den dunklen Holztoren. Aber nichts rührte sich. Da nahm Sebastian kurz entschlossen seinen Brief und schob ihn einfach unter der Kirchentür hindurch. Er war sich ganz sicher, dass Gott seinen Brief schon finden würde, und ging zuversichtlich wieder zurück nach Hause, ins Kinderheim.

Als Pastor Werner Keller vor dem Abendgottesdienst die Kirchentür öffnete, entdeckte er einen kleinen weißen Briefumschlag. Auf dem Kuvert befand sich keine Anschrift und auch einen Absender konnte der Pastor nicht entdecken.

»Merkwürdig!«, murmelte er. Gerade als er den Umschlag öffnen wollte, kam der Organist um die Ecke. Er begrüßte den alten Pastor freundlich und ging mit ihm gemeinsam in die Kirche. Schnell steckte der Pastor den Umschlag ein. Erst nach dem Abendgottesdienst, als er gemeinsam mit seiner Frau zu Hause beim Abendbrot saß, kam ihm der Brief wieder in den Sinn. Er stand auf, ging an die Garderobe und holte den geheimnisvollen Briefumschlag aus seiner Manteltasche.

»Was hast du da?«, fragte ihn seine Frau Anne.

»Diesen Briefumschlag fand ich heute vor dem Abendgottesdienst. Jemand hat ihn einfach unter der Tür durchgeschoben.«

»Unter der Tür?«, fragte seine Frau erstaunt.

»Ja, seltsam, nicht? Wo sich doch unser Briefkasten gleich gegenüber am Gemeindehaus befindet und die Leute wissen, dass wir hier wohnen.«

Behutsam öffnete der Pastor den Umschlag. Als er den Wunschzettel des kleinen Sebastian gelesen hatte, wurde er ganz still und sehr nachdenklich.

»Was steht in dem Brief?«, fragte Anne ihren Mann. Dieser reichte ihr den Zettel und meinte nur: »Du wirst es nicht glauben.«

Solch einen Brief hatte der Pastor noch nie bekommen. Nun gut – der Brief war ja eigentlich auch gar nicht an ihn gerichtet, sondern für Gott bestimmt. Was in aller Welt sollte er jetzt damit tun?

Beide saßen nun still in der Küche und überlegten. Plötzlich erinnerte sich Anne an das Gespräch mit dem Ehepaar Hainer.

»Werner, ich muss gerade an das Ehepaar Hainer denken.«

Lore und Dieter Hainer waren schon viele

Jahre treue Mitglieder ihrer Kirchengemeinde und erst vor wenigen Wochen zu einem Beratungsgespräch bei dem Pastorenehepaar gewesen. Ehepaar Hainer wünschte sich sehnlichst ein Kind. Doch nichts, was sie in den vergangenen Jahren unternommen hatten, war erfolgreich gewesen. Oft hatten sie gemeinsam mit dem Pastorenehepaar gebetet und vor Gott darum gerungen, dass er ihren Wunsch, ein Kind zu bekommen, doch noch erfüllte.

»Vielleicht hat Gott unsere Gebete heute erhört, wenn auch anders, als wir es uns gedacht haben?«

»Du meinst …«, überlegte der Pastor nachdenklich.

»Ja, warum eigentlich nicht? Das Ehepaar Hainer wünscht sich ein Kind und der kleine Sebastian wünscht sich Eltern. Das passt doch! Oder?«

Noch am gleichen Abend fuhr der Pastor mit seiner Frau zusammen zum Haus von Lore und Dieter Hainer. Sie zeigten ihnen den Brief und alle vier saßen bis spät in die Nacht hinein im Wohnzimmer. Sie überlegten gemeinsam und beteten auch.

»Zu Weihnachten ein Kind!«, sagte Lore

Hainer tief bewegt. »Ach Dieter, das wäre so schön! Das wäre unser schönstes Weihnachtsgeschenk.«

»Zu Weihnachten Eltern!«, murmelte fast zur gleichen Zeit der kleine Sebastian. »Das wäre wundervoll!« Er hockte wie so oft auf der Fensterbank und schaute sehnsuchtsvoll in die dunkle Nacht hinaus. Eigentlich hätte der kleine Mann schon längst in seinem Bett liegen und – wie die anderen Jungen in seinem Schlafraum – tief und fest schlafen müssen. Aber er konnte nicht schlafen. Immer wieder musste er an seinen Wunschzettel denken.

Niemandem hatte er etwas von diesem Wunschzettel erzählt. Es war sein Geheimnis. Ein Geheimnis einzig und allein zwischen Gott und ihm. Ob Gott seinen Wunschzettel gefunden hatte? Würde Gott ihm seinen größten Weihnachtswunsch erfüllen?

Einige Tage gingen ins Land. Der Winter hatte nun endgültig in ganz Deutschland seinen Einzug gehalten. Überall schneite es und vielerorts blieb der Schnee liegen zur großen Freude der Kinder. Es waren nur noch wenige Tage bis zum Christfest. Die Straßen und Geschäfte erstrahlten in weihnachtlicher Beleuchtung. Auch im Kinderheim »Lerchenhof« war vor Weihnachten fleißig gebastelt und dekoriert worden. So zeigte sich nun das gesamte Haus mit seinen verschiedenen Wohneinheiten in weihnachtlichem Glanz.

Das Heim lag mitten in der Stadt. Besucher waren in diesem Haus also keine Seltenheit und wurden von den Kindern oft gar nicht mehr richtig zur Kenntnis genommen. Auch dem Ehepaar Hainer wurde von den Kindern keine besondere Aufmerksamkeit geschenkt, als es von der Heimleiterin Frau Bauer durch das Haus geführt wurde.

Es war gar nicht so einfach gewesen, den kleinen Sebastian zu finden. Sie hatten ja nur seinen Vornamen gehabt. Und der Lerchenhof war bei Weitem nicht das einzige Kinderheim in dieser großen Stadt. Aber warum hätte der kleine Sebastian auch seine genaue Anschrift auf den Briefumschlag schreiben sollen? Sicher kannte Gott doch in seiner Allwissenheit das Kinderheim, in dem er nun schon so lange lebte. Und auch dass er mit Nachnamen »Kaiser« hieß, dürfte Gott nicht verborgen geblieben sein.

Frau Bauer gab dem Ehepaar beim Rundgang durch die Räumlichkeiten heimlich ein

Zeichen, als sie in die Kindergruppe kamen, zu der auch Sebastian gehörte. So unauffällig wie möglich nahmen sie den Jungen in Augenschein. Sebastian war erst sieben Jahre alt und hatte ein liebes Gesicht. Mit den anderen Kindern spielte er gerade ein beliebtes Brettspiel. Das Spiel erforderte Taktik. Aber Sebastian schien den Bogen rauszuhaben. Mit Feuereifer war er dabei. Sein helles frohes Lachen, als er einen guten Zug machen konnte, wirkte ansteckend. Außerdem schien er recht beliebt zu sein.

Unten, im Büro der Heimleiterin angekommen, fand sich auch Herr Steiner ein, der Erzieher der Wohngruppe von Sebastian. Er hatte ein Schulheft von Sebastian mitgebracht. Dieses Heft legte er nun offen auf den Schreibtisch der Heimleitung. Herr Hainer legte zum Schriftvergleich den Wunschzettel von Sebastian daneben.

»Kein Zweifel!«, meinte Frau Bauer. »Diesen Wunschzettel hat tatsächlich unser kleiner Sebastian geschrieben.« Das Ehepaar war sichtlich erleichtert! Endlich hatte ihre Suche ein Ende. Als sie Sebastian vor wenigen Minuten zum ersten Mal gesehen hatten, war ihnen sofort das Herz aufgegangen. Sie hätten den Jungen am liebsten auf der Stelle und für immer mit nach Hause genommen! Aber so einfach ging das natürlich nicht. In den nächsten Tagen kam es zunächst zu Gesprächen mit der Heimleitung und dem Jugendamt, wobei ihnen das Pastorenehepaar mit Rat und Tat zur Seite stand.

Indes rückte der Weihnachtsabend immer näher. Die Kinder im Heim waren alle ganz aufgeregt. Einige durften über Weihnachten zu Besuch zu ihren Familien. Nicht alle Kinder waren so wie Sebastian Vollwaise. Dennoch mussten die meisten das Weihnachtsfest im Heim verbringen. Die Erzieher gaben sich alle Mühe, ihnen diese Festtage so schön wie nur eben möglich zu gestalten. Dazu gehörte nach dem gemeinsamen Besuch der Christmette auch die Bescherung der Kinder. Ungewohnt still warteten sie vor der verschlossenen Tür zum Weihnachtszimmer. Dann – endlich! – klingelte Frau Bauer zart mit einem Glöckchen.

Die Erzieher sangen das Lied »Ihr Kinderlein kommet«.

Und langsam öffnete sich die große Tür zum Weihnachtszimmer. Ein riesiger Tannenbaum stand vorne rechts am Fenster und nahm ziemlich viel Platz ein. Er war mit Nüssen, kleinem Holzspielzeug, vielen Strohsternen und reichlich Lametta geschmückt. Auf verschiedenen Gabentischen, mit Namen gekennzeichnet, waren die Geschenke für die einzelnen Kinder aufgebaut. Es dauerte eine Weile, bis jedes Kind seinen Gabentisch entdeckt hatte. Den ganz Kleinen halfen die größeren Kinder oder die Erzieher, ihren Platz zu finden. Alle redeten dabei aufgeregt durcheinander.

Doch plötzlich kehrte eine ungewöhnliche Stille in dem großen Raum ein. Sebastian hatte endlich seinen Gabentisch entdeckt. Aber dieser Tisch war ja fast leer! Dennoch befand sich auf dem Schild am Rande des Tisches sein Name, daran bestand kein Zweifel! Alle Kinder starrten fassungslos auf Sebastians Platz und dann zu Sebastian. Bevor der Junge wusste, wie ihm geschah, stand auch schon Frau Bauer neben ihm. Behutsam legte sie ihren Arm um seine Schultern und meinte so laut, dass alle im Saal es gut verstehen konnten:

»Ja, unser Sebastian hat nur einen einzigen Wunsch, einen ganz besonderen Wunsch zu Weihnachten. Aber diesen Wunsch kann ihm der Weihnachtsmann beim besten Willen nicht erfüllen. Darum ist sein Gabentisch heute sehr bescheiden ausgefallen.«

Sebastian schluckte schwer und senkte den Kopf. Schon wollten ihm die Tränen in die Augen schießen, als er Frau Bauer sagen hörte: »Aber ich glaube, Sebastian«, dabei schaute sie ihn warmherzig an, »dein Wunsch wird dennoch in Erfüllung gehen!«

Sebastian blickte langsam auf und sah plötzlich eine Frau und einen Mann vor sich stehen, die ihn liebevoll anlächelten. »Sebastian«, sagte Frau Bauer, »das ist das Ehepaar Hainer. Sie würden dich gerne kennenlernen. Wenn du möchtest, darfst du mit ihnen fahren und über Weihnachten bei ihnen zu Hause bleiben.«

Das ließ sich der kleine Mann nicht zweimal sagen. Und damit war für ihn augenblicklich sein spärlicher Gabentisch zur unwichtigsten Sache der Welt geworden.

Im Hause Hainer angekommen, fand Sebastian bei der Bescherung im Wohnzimmer unter dem Tannenbaum zahlreiche Geschenke mit seinem Namen versehen.

Sebastian konnte sein Glück kaum fassen. Später am Abend – so spät hatte er noch nie zu Bett gehen dürfen – wurde er zu seinem neuen Zimmer gebracht.

Das Kinderzimmer, das eigentlich für das erste Baby von Lore und Dieter vorgesehen gewesen war und lange leer gestanden hatte, war nun ein schön ausgestattetes Jungenzimmer. Nachdem die Eheleute den kleinen Sebastian zum ersten Mal gesehen hatten, waren sie sich absolut sicher gewesen, dass sie den Jungen für immer bei sich aufnehmen durften. Und so hatten sie dieses kleine Zimmer in ein richtiges Jungenzimmer verwandelt. Sie hatten es neu tapeziert und waren in ein Möbelgeschäft gefahren. Dann hatte Dieter mit seiner Frau die neuen Möbel stundenlang zusammengeschraubt und aufgebaut.

Anschließend waren sie in ein Spielwarengeschäft gefahren, um nach einer ausführlichen Beratung mit einem großen Karton voller Spielzeug wieder nach Hause zurückzukehren. Zum Schluss hatten sie auch noch einen Kinderbuchladen aufgesucht und einige spannende Bücher für den Jungen eingekauft. Zuvor hatten sie sich beim Leiter von Sebastians Wohngruppe darüber informiert, womit Sebastian gerne spielte und welche Bücher er mochte. Das Ehepaar hatte sich alle nur erdenkliche Mühe gemacht, das Zimmer schön gestaltet und dekoriert und hoffte nun inständig, dass es dem Jungen gefallen und er sich bei ihnen wohlfühlen würde. Ganz gespannt schauten sie den Jungen an, als Lore ihm die Tür zu seinem Zimmer öffnete.

Sebastian fehlten die Worte. Er bekam ganz große Augen.

»Das ist mein Zimmer? Wirklich?« Zum ersten Mal in seinem Leben sollte er ein eigenes Zimmer ganz für sich allein haben. Unglaublich! Sebastian konnte in dieser ersten Nacht gar nicht sofort einschlafen, obwohl er todmüde war. Er war überwältigt von der Liebe und Freundlichkeit, mit dem das Ehepaar ihn bei sich aufgenommen hatte. Der schöne Abend, die tollen Weihnachtsgeschenke, das leckere Essen, die liebevolle Atmosphäre … das war etwas viel auf einmal. Und dann noch dieses Zimmer! Es gefiel ihm, keine Frage – mit all seinen Möbeln, Spielsachen und den Büchern im kleinen Bücherregal. Sogar ein Schreibtisch stand schräg vor dem Fenster. Wie schön müsste es sein, dort zu sitzen und die Schularbeiten zu erledigen! Sebastian konnte sein Glück noch gar nicht richtig fassen.

Auch das Ehepaar hatte sich inzwischen zur Nachtruhe in ihr Schlafzimmer begeben, das ebenfalls im oberen Stockwerk lag, gleich gegenüber von Sebastians Zimmer. Lange konnten sie vor Aufregung nicht einschlafen. Sie sprachen miteinander und sie sprachen auch mit Gott. Im Gebet baten sie Gott, alles zum Guten zu wenden. Dieser Junge, so empfanden sie es, war ein Geschenk Gottes für sie. Eine Weihnachtsgabe der ganz besonderen Art.

Sebastian verlebte zusammen mit dem Ehepaar Hainer wunderbare Weihnachtstage. Sie verstanden sich ausgezeichnet und waren miteinander überglücklich. Sebastian verlor mit der Zeit immer mehr seine Schüchternheit und wurde zugänglicher. Darum stand es am zweiten Weihnachtstag für alle fest: Sie wollten zusammenbleiben! Deswegen kamen die Heimleitung und das Jugendamt zu weiteren Gesprächen und einer Besichtigung zu Ehepaar Hainer ins Haus, wobei sie das zukünftige Kinderzimmer von Sebastian am meisten interessierte. Nachdem sie grünes Licht gegeben hatten, mussten noch zahlreiche Dokumente ausgefüllt und unterschrieben werden. Dann endlich war es so weit – Ehepaar Hainer konnte ihren Jungen aus dem Heim zu sich nach Hause holen, für immer! Lore und Dieter hatten nun endlich ein Kind und Sebastian hatte tatsächlich eine Mutti und einen Vati bekommen.

Das passte doch! Oder?

Als Sebastian nach seinem endgültigen Einzug bei seinen neuen Eltern am Abend todmüde in seinem Bett lag, flüsterte er kurz vor dem Einschlafen noch leise: »Danke, lieber Gott!«

Vorlesezeit: 14 Minuten

Der Klarinettenspieler

Der erste Advent war bereits vergangen, als Marie Schatz zu einem Einkaufsbummel in die Stadt aufbrach. Es war schon eine ganze Weile her, dass sie gemütlich durch die Fußgängerzone geschlendert war, um in den Geschäften nach neuen Anziehsachen für sich zu stöbern. Schon viel zu lange hatte sie vollkommen zurückgezogen gelebt. Deshalb brauchte sie jetzt dringend neue Kleidung, neue Schuhe und auch einen neuen Wintermantel. Der alte Mantel war an den Ärmeln schon recht abgenutzt und sah nach vielen Jahren einfach nicht mehr schön aus. Außerdem war der Schnitt vollkommen aus der Mode gekommen. Und dieser dunkle, triste Farbton gefiel ihr gar nicht mehr. Zudem hatte sie in den letzten Monaten so viel abgenommen, dass ihr viele Kleidungstücke nicht mehr passten.

Ihr Mann Jochen war vor einem Jahr verstorben, nur wenige Wochen, nachdem der Bauchspeicheldrüsenkrebs bei ihm entdeckt worden war. Nach der Beerdigung war Marie in ein tiefes Loch gefallen. Wie eine Schattengestalt war sie nur noch in dunkler Kleidung herumgelaufen. Marie hatte über all der Trauer um ihren geliebten Mann ihren sonst recht gesunden Appetit verloren. Ernährt hatte sie sich vorwiegend von Obst, Salat und Knabbersachen. An manchen Tagen konnte sie sich kaum dazu überwinden, einkaufen zu gehen, geschweige denn, sich anschließend auch noch in die Küche zu stellen, um für sich eine vernünftige Mahlzeit zuzubereiten. Sie war auch nicht mehr an das Telefon gegangen und hatte sich in ihren vier Wänden regelrecht vergraben. Dadurch hatte sie leider nach und nach viele soziale Kontakte verloren. Nur mit großer Mühe und Anstrengung hatte sie sich tagtäglich überwunden, weiter ihrer Arbeit nachzugehen. Denn die, das war ihr klar, durfte sie auf gar keinen Fall auch noch verlieren!

Jetzt hatte sie den Tod ihres Mannes immerhin so weit verarbeiten können, dass sie wieder anfing zu leben und nach vorne zu schauen.

»Schluss jetzt!«, hatte sie sich selbst eines Morgens gesagt. »Ich habe genug getrauert. Wenn ich jetzt nicht die Kurve kriege, liege ich bald neben meinem Mann unter der Erde. Das hätte Jochen nicht gewollt. Das Leben geht schließlich weiter.« Und damit hatten auch endlich ihre vielen Besuche bei ihrer Psychotherapeutin zum Erfolg geführt. Sie wollte wieder leben, richtig leben. Als Erstes war sie daraufhin umgezogen und hatte sich neue Möbel gekauft. Denn in der alten Wohnung erinnerte sie alles an Jochen und ihre lieben Nachbarn hatten sie immer mitleidig angesehen, wann immer sie ihnen im Hausflur begegnet war. Das hatte sie dann noch niedergeschlagener werden lassen.

Nun wohnte sie nahe am Stadtzentrum und konnte sogar zu Fuß zur Arbeit gehen. Sie hatte wieder angefangen, auf ihr Äußeres zu achten. Der Frisör hatte am Tag zuvor wirklich ganze Arbeit geleistet! Sie hatte jetzt einen neuen Schnitt und neue Farbe im Haar und hatte sich dezent geschminkt – eine echte

Typveränderung. Als sie an diesem Morgen ins Büro gekommen war, hatten Ihre Arbeitskollegen sie kaum wiedererkannt. Und sogar ihr Chef hatte sich anerkennend geäußert. Er war froh und sehr erleichtert, dass Frau Schatz, eine seiner besten Mitarbeiterinnen, sich offenbar wieder gefangen hatte.

Marie fühlte sich mit einem Mal wie neugeboren. Sie wollte wieder tanzen und ausgehen, das Leben wieder spüren und genießen. Wenn sie an Jochen dachte – und das kam oft vor –, tat es zwar immer noch sehr weh und vielleicht würde das auch immer so bleiben, aber es zog sie nicht mehr nach unten. Sie konnte ihn endlich loslassen und ohne Bitterkeit im Herzen voller Dankbarkeit auf die gemeinsamen Jahre zurückblicken. Sie hatten überwiegend schöne und harmonische Jahre zusammen verbracht, was keine Selbstverständlichkeit darstellte.

Nachdem Marie eine neue Hose, ein hübsches Kleid, eine schöne bunte Bluse und sogar zwei Paar neue Schuhe für sich gefunden hatte, brauchte sie unbedingt eine Pause. Außerdem hatte sie Hunger. Das allein war schon ein sehr gutes Zeichen, dass sie ihre schwere Lebenskrise überwunden hatte. Ihr gesunder Appetit war zurückgekehrt. Am Marktplatz gab es eine nette Pizzeria mit einem beheizten Außenbereich. Das Wetter war heute sonnig und ungewöhnlich mild für diese Jahreszeit. So konnte sie draußen Platz nehmen. Sie genoss diesen Tag in vollen Zügen. Beim Essen lauschte sie aufmerksam einem Straßenmusikanten. Er spielte Klarinette und tat das sehr schön und gut, soweit sie es mit ihrer bescheidenen Musikalität beurteilen konnte. Meist spielte er Lieder von Udo Jürgens, aber er hatte auch Weihnachtslieder in seinem Repertoire. Die Pizza war lecker und sie ließ sich Zeit. Viel Zeit. Sie hatte es nicht eilig, wieder nach Hause in ihre neue Wohnung zu kommen, in der sie ganz allein war.

Nachdenklich betrachtete sie den Klarinettenspieler. Der Mann musste ungefähr in ihrem Alter sein. Er war attraktiv – groß, dunkelhaarig, mit sehr ausdrucksstarken, klaren Augen. Er war überraschend gut gekleidet und wirkte sehr gepflegt. Dieser Mann hatte etwas ganz Besonderes an sich. Aber wie kam er nur dazu, als Straßenmusikant in der Fußgängerzone zu musizieren? War es sein Hobby? Vorbeieilende Passanten warfen ihm einige Münzen in seinen Hut, der mit der Innenseite nach oben vor ihm auf dem Bürgersteig lag. Spielte dieser Mann, um Geld für eine bestimmte Organisation, z. B. eine Tierschutzorganisation, zu sammeln? Aber dann hätte er gewiss ein Schild bei sich gehabt, auf dem so etwas zu lesen gewesen wäre. Doch Marie konnte kein Schild ausmachen. Oder versuchte er, mit dem wenigen Kleingeld, das die Menschen in seinen Hut warfen, seinen Lebensunterhalt zu verdienen? Das konnte sie sich beim besten Willen nicht vorstellen. Und wenn das doch der Fall wäre – davon konnte er doch gar nicht leben, oder? Was hatte diesen sympathisch wirkenden Mann bloß auf die Straße gebracht? Nach dem Essen warf auch sie, als sie auf dem Weg zum Kaufhaus an ihm vorbeikam, einige Münzen in seinen Hut.

Marie hatte Glück. Wenig später fand sie einen wunderbaren, sehr schönen Wintermantel für sich. Der Preis war erschwinglich, die Farbe gefiel ihr ausgesprochen gut. Als sie ihn anprobierte, passte er perfekt. Sie musste gar nicht lange überlegen oder gar weiter suchen, ob sie einen noch schöneren Mantel finden würde. Nach vier Stunden Stadtbummel kehrte sie müde und sehr zufrieden in ihre neue Wohnung zurück.

Wenige Tage später machte sich Marie erneut auf den Weg in die Stadt. Ihre Armbanduhr hatte über Nacht ihren Geist aufgegeben. Diese schöne Uhr war ein wertvolles Hochzeitsgeschenk von Jochen gewesen. Offenbar war die Batterie leer. Also eilte Marie nach Dienstschluss in die Innenstadt, um im Uhrengeschäft Neustein ihre Uhr zum Batteriewechsel abzugeben. Erst als sie aus dem Uhrengeschäft wieder hinaus in die Fußgängerzone trat, drang der Klang einer Klarinette an ihr Ohr. Und als sie in die Richtung sah, aus der die Melodie erklang, sah sie ihn auch schon.

Sie ging langsam auf ihn zu und warf eine Münze in seinen Hut. Er bedankte sich, indem er seinen Kopf leicht in ihre Richtung neigte und seine Augen auf sie gerichtet hielt. Eine Weile stand sie einfach nur da, an den Brunnenrand gelehnt, und hörte ihm fasziniert zu.

Als er endlich eine Pause einlegte – inzwischen hatte sie sich auf den Brunnenrand gesetzt –, nahm er das Geld aus seinem Hut, setzte ihn auf und ließ sich ebenfalls neben ihr auf dem Brunnenrand nieder.

Marie fasste sich ein Herz und fragte ihn: »Üben Sie hier nur ihr Hobby aus oder versuchen sie, mit der Musik ihren Lebensunterhalt zu bestreiten?«,

»Leider Letzteres!«

»Wie ist das nur möglich? Ich meine, was ist passiert, dass sie auf die Straßenmusik angewiesen sind?«

»Mein Geschäftspartner hat mich nicht nur finanziell über den Tisch gezogen, sondern ist auch noch mit meiner Freundin, bei der ich gewohnt habe, auf und davon. Wahrscheinlich ins Ausland. Nun ist nicht nur mein Job weg und ich habe keine Bleibe mehr, sondern die beiden haben sich auch noch alle Ersparnisse, die ich in das gemeinsame Unternehmen gesteckt hatte, unter den Nagel gerissen.«

»Oh!« Marie war fassungslos. »Und jetzt?«

»Und jetzt würde ich gerne wissen, wer sich da so viele Gedanken über mich und mein Schicksal macht.« Er sah sie aufmerksam mit einem offenen, gewinnenden Lächeln an.

»Entschuldigung. Ich bin Marie!« Sie reichte ihm ihre Hand.

»Ich heiße Tom, Tom Pegel. Ich hause jetzt

in einem alten Wohnwagen und versuche, mich vorerst mit meinem Klarinettenspiel über Wasser zu halten, bis sich etwas Besseres ergibt.«

»Das tut mir aufrichtig leid!« Marie war ehrlich betroffen. Das Schicksal dieses sympathischen Mannes bewegte sie sehr.

»Ich muss dann mal wieder weiterspielen!«, sagte Tom einen Augenblick später, nahm seine Klarinette und ging zu seinem Platz zurück.

In den kommenden Tagen war Marie öfter als eigentlich nötig in der Stadt anzutreffen. Wie ferngesteuert liefen ihre Füße in Richtung Innenstadt. Gut, sie wohnte ja jetzt auch ziemlich nah am Zentrum. Auf dem Weg zur Arbeit und zurück zu ihrer Wohnung kam sie fast zwangsläufig am Marktplatz vorbei, in dessen Mitte der alte gotische Brunnen stand.

Als Marie ihre Uhr wieder aus dem Uhrengeschäft Neustein abholt hatte, ging sie langsam in Richtung Brunnen. Schon von Weitem hörte sie sein Klarinettenspiel. Wieder blieb sie am Brunnen stehen und hörte seiner Musik zu.

»Hallo Tom! Darf ich sie auf eine warme Mahlzeit und einen Kaffee einladen?« Sie hatte allen Mut zusammengenommen und ihn angesprochen, als er eine Pause einlegte.

So ein freundliches Angebot konnte Tom nicht ablehnen – und eine gute warme Mahlzeit erst recht nicht. Er konnte es sich nicht leisten, in einem Restaurant zum Essen einzukehren, auch wenn das Restaurant, in das Marie ihn nun einlud, weder sehr teurer noch edel war. Ach, wie er das vermisste, mit guten Freunden lecker essen und trinken zu gehen! Aber seine vermeintlich guten Freunde von einst hatten sich nach seinem Desaster ganz schnell in Luft aufgelöst.

Es waren nur noch wenige Tage bis Weihnachten und in der Stadt war viel Betrieb. Dennoch fanden sie im »Café Extrablatt« einen freien Tisch für sich. Nachdem ihnen die Bedienung Kaffee und auch die gewünschten Speisen serviert hatte, erzählte Marie nach und nach auch ein wenig von sich und auch von ihrem verstorbenen Mann Jochen. Es war das erste Mal, dass sie so frei und offen darüber mit jemandem reden konnte, ohne gleich in Tränen auszubrechen. Es tat ihr sichtlich gut. Und in Tom, das merkte sie sofort, hatte sie einen guten und sehr aufmerksamen Zuhörer gefunden.

»Tom! Was machen Sie an Weihnachten?«

Die Frage kam völlig überraschend und Tom schluckte schwer. Bisher hatte er es trotz der weihnachtlich dekorierten und beleuchteten Innenstadt erfolgreich vermieden, an die Weihnachtsfeiertage zu denken. Die würde er nämlich ganz allein in seinem alten, meist ziemlich kalten Wohnwagen verbringen müssen. Die Frage von Marie traf ihn wie ein Donnerschlag.

»Ich … keine Ahnung!«

»Wollen Sie nicht zu mir kommen?«

Marie konnte es kaum fassen, dass sie gerade tatsächlich den Mut aufgebracht hatte, ihn das zu fragen. Sie kannte ihn doch gar nicht richtig! Was um alles in der Welt tat sie hier eigentlich? Sie konnte doch nicht einfach so einen wildfremden Menschen in ihre Wohnung einladen! Aber sie wollte nicht zu Weihnachten ganz allein in ihrer Wohnung hocken.

Ihre Eltern waren viel zu früh gestorben und sie hatte auch leider keine Geschwister. Und zu den Eltern von Jochen wollte sie erst recht nicht gehen. Diese hatten sie ohnehin gar nicht erst eingeladen, denn sie vermieden den Kontakt zu ihr. Im Stillen gaben sie Marie die Schuld an Jochens Tod, was natürlich vollkommen unsinnig war. Aber aus ihrer Sicht hatte ihr einziger Sohn sein Elternhaus wegen Marie verlassen und war schließlich plötzlich und unerwartet gestorben.

An Weihnachten allein zu sein – das war für viele Menschen der reinste Horror. Und so wollte auch Marie Weihnachten nicht unbedingt allein verbringen.

Tom schien durch ihre Frage vollkommen überrascht zu sein. »Sie laden mich ein? Im Ernst?«

»Ja!«

Und so saßen sie am Heiligen Abend gemeinsam in der Christmette und hörten den Pastor am Schluss sagen:

»Weihnachten heißt: Gott kommt in Jesus Christus zu uns, damit niemand mehr allein sein muss. Öffnen wir heute unsere Herzenstür für den Heiland der Welt und lassen ihn bei uns Einzug halten. Dann wird unser Leben reich und heil und auch wieder hell und froh werden. In diesem Sinne, liebe Gemeinde, wünsche ich Ihnen echte und tiefe Weihnachtsfreude und ein gesegnetes Weihnachtsfest!«

Tom war natürlich nicht der Heiland der

Welt, aber mit seinem Besuch am Heiligen Abend zog bei Marie echte und tiefe Weihnachtsfreude ein. Auch nach dem Weihnachtsfest blieb Tom bei Marie, denn längst hatten sich die beiden ineinander verliebt.

Tom fand nicht nur ein behagliches neues Zuhause, sondern auch bald eine sehr gute Arbeitsstelle und in Marie eine liebenswürdige Ehefrau. Was für ein Geschenk! Marie und Tom waren Gott sehr dankbar für seine glückliche Fügung und brachten das auch zum Ausdruck. Jeden Sonntag besuchten sie nun zusammen den Gottesdienst. Und nur ein Jahr später ging in Erfüllung, was Marie kaum noch zu hoffen gewagt hätte: Unter dem Weihnachtsbaum feierten sie ihr erstes Weihnachtsfest zu dritt …

Vorlesezeit: 12 Minuten

Post am Heiligen Abend

Heiko Lohmann sollte bald entlassen werden. Endlich. Er konnte es kaum noch erwarten. Seine lange Haftstrafe wegen eines durch ihn verschuldeten Unfalls mit Todesfolge neigte sich langsam, aber sicher dem Ende zu.

Er freute sich – Haftentlassung! Endlich raus aus dem Gefängnis, aus der Enge und dem ewigen Eingesperrtsein. Endlich wieder den Himmel sehen, wann immer er wollte, wieder im Wald spazieren gehen oder in einem See baden oder in der Stadt einkaufen können und anschließend lecker essen gehen.

Aber er hatte auch Angst – große Angst.

Was würde ihn draußen erwarten? Hatte er überhaupt eine Zukunftsperspektive? Wo würde er wohnen? Konnte er wieder eine anständige Arbeit aufnehmen?

Angst und Freude hielten sich in seinen Gedanken die Waage.

»Du hast *was*?« Tinas Vater konnte es nicht fassen. Er schlug laut mit der flachen Hand auf den Tisch. Er konnte sich kaum noch beherrschen, so wütend war er. Es war zum Verrücktwerden!

»Hast du den Verstand verloren?« Er konnte beim besten Willen nicht mehr verstehen, was in seiner Tochter vor sich ging. Aber schon als Kind hatte sich bei ihr so eine soziale Ader gezeigt.

Seiner Ansicht nach litt Tina an einem krankhaften Helfersyndrom. Sie engagierte sich ehrenamtlich bei der christlichen Tafel der Markuskirche und half voller Eifer bei der Lebensmittelausgabe an bedürftige Menschen. Das war vollkommen übertrieben, fand ihr Vater. War es denn nicht genug, dass seine Tochter wie auch seine erst vor Kurzem verstorbenen Mutter jeden Sonntag zur Kirche ging? Nein, nun begann sie sich auch noch aus heiterem Himmel in der Gemeinde aktiv einzubringen! Plötzlich sang sie sogar im Chor der Gemeinde mit. Und jetzt – das war ja wohl der Gipfel– musste sie sich auch noch mit einem Schwerverbrecher Briefe schreiben!

»Wie kommst du nur auf solch einen Unsinn? Man sollte doch meinen, dass du mit deinen fünfundzwanzig Jahren endlich vernünftig genug bist, um zu wissen, wohin das führt. Andere in deinem Alter gehen tanzen, amüsieren und verlieben sich oder sind längst glücklich verheiratet und haben bereits eigene Kinder. Aber nein, *du* rennst andauernd in diese Kirche und jetzt singst du auch noch in diesem Chor mit!«

In diesem Augenblick war Tina froh, dass sie nicht mehr zu Hause wohnte und ihr Vater sie nicht ständig kontrollieren konnte. Es tat ihr schon leid, dass sie ihm überhaupt von ihrem Briefwechsel mit Heiko Lehmann erzählt hatte. Sie hätte wissen müssen, dass ihr Vater für solche Aktivitäten kein Verständnis aufbringen würde. Er konnte mit Gott und der Kirche rein gar nichts anfangen. Er hatte aus dem Nichts heraus mit harter Arbeit seinen eigenen kleinen Handwerksbetrieb aufgebaut. Sein Leben lang war er immer fleißig und strebsam gewesen. Und sein Betrieb hatte nicht nur seine kleine Familie immer ausreichend ernährt, sondern auch etwas Wohlstand in sein Leben gebracht. So war er der Meinung, dass es keine Tafel bräuchte, wenn die Leute alle anständig arbeiten gehen würden. Er hatte kein Verständnis für Menschen, die soziale Leistungen vom Staat bezogen oder gar im Gefängnis saßen. Da konnte Tina sagen, was sie wollte.

Mit dem kleinen Chor der Kirchengemeinde hatten sie am dritten Advent zusammen mit ihrem Pastor einen Gottesdienst im Gefängnis gestaltet. Nach dem Gottesdienst waren sie sogar mit einigen Häftlingen ins Gespräch gekommen. So hatte sie auch die Bekanntschaft von Heiko Lehmann gemacht und von ihm erfahren, dass er durch die Gottesdienste und die regelmäßigen Besuche des Pastors in seiner Zelle, vor allen Dingen aber durch das tägliche Lesen in der Bibel zum Glauben an Gott gefunden hatte. Ihm fehlte der Austausch mit anderen Christen sehr. Leider bekam er keinen Besuch, nicht einmal Post. Niemand wollte mehr etwas mit ihm zu tun haben.

Dabei war der Tod seines ehemaligen Arbeitskollegen Felix ein tragischer Unfall gewesen. Heiko hatte ihn zwar verursacht, aber nicht aus Fahrlässigkeit oder gar mit Absicht.

Er war kein Mörder – auch wenn die Mutter von Felix ihn in der Gerichtsverhandlung aus purer Verzweiflung und ohnmächtiger Wut laut schreiend so genannt hatte.

Leider hatte die Staatsanwaltschaft das ganz anders gesehen als er. Am Schluss der Verhandlung hatte auch die Richterin das Geschehen nicht so beurteilt, wie Heiko dies bei seiner Verteidigung dargestellt hatte. Sein Verteidiger war nicht dagegen angekommen und so hatte Heiko eine lange Haftstrafe antreten müssen. Wie gerne hätte er die Zeit zurückdrehen und alles ungeschehen machen wollen! Aber das war beim besten Willen nicht möglich. Aus dem Gefängnis heraus hatte er an die Angehörigen von Felix einen Brief geschrieben, in dem er sie um Vergebung gebeten hatte. Doch der Brief war ungeöffnet an ihn zurückgesandt worden. »Annahme verweigert«, so hatte es auf dem Briefumschlag gestanden.

Als Tina nach diesem Gefängnisgottesdienst wieder zu Hause angekommen war, hatte sie diesen Mann und sein Schicksal nicht vergessen können. Sollte sie ihm schreiben? Aber warum? Und weshalb ausgerechnet sie? Was sollte das bringen? Vor allen Dingen – wo führte das am Ende hin?

Tina hatte schließlich Rat bei ihrem Pastor, Ulf Laubach, gesucht. Gemeinsam hatten sie gründlich das Für und Wider überdacht und auch miteinander gebetet.

»Tina, was soll ich sagen? Ich denke, am Ende muss Gott selbst dir den richtigen Weg weisen.«

Nur wenige Tage später blieb sie bei der täglichen Bibellese an einem Vers aus dem Evangelium des Matthäus hängen: »Ich bin im Gefängnis gewesen und ihr habt mich nicht besucht.« (Mt 26,43) Und in Gedanken setzte Tina hinzu: »… und ihr habt mir nicht geschrieben.« Da war für sie alles klar. Noch am selben Tag setzte sie ihr Vorhaben endlich in die Tat um. Aber sie tat sich schwer dabei. Es war eben nicht so einfach, einem Menschen, den man nur einmal kurz und dazu noch im Gefängnis gesehen hatte, einen Brief zu schreiben. Noch nie hatte sie einem fremden Mann einen Brief geschrieben. Selbst Liebesbriefe, wie frisch verliebte Paare sie einander schrieben, hatte es in ihrem Leben bisher nicht gegeben. Sie hatte nicht einmal einen Freund, obwohl sie eigentlich recht hübsch war. Aber es hatte sich einfach nicht ergeben. Nach der Schulzeit und dem Abitur hatte sie sich voll und ganz auf ihr Studium konzentriert. Tina war sehr ehrgeizig und wollte etwas im Leben erreichen – darin war sie ganz die Tochter ihres Vaters.

Für Heiko kam der Heiligabend im Gefängnis. Jahr für Jahr die Weihnachtsfeiertage dort zu verbringen, das war schon sehr deprimierend. Viele Insassen kamen damit nicht klar.

Heiko hielt sich mit einigen anderen Häftlingen gerade im Aufenthaltsraum auf, als Walter Bormann, einer der Vollzugsbeamten, die Post verteilte.

»Heiko Lehmann!« Als der Beamte diesen Namen aufrief, reagierte Heiko gar nicht. Er hatte nicht zugehört, denn er bekam ja sowieso nie Post.

»Hey Heiko! Du hast Post!« Sein Zellennachbar stieß ihn unsanft in die Rippen. Ungläubig schaute Heiko hoch.

»Heiko Lehmann!«, rief Walter Bormann erneut. Heiko stand verwundert auf und nahm nur zögernd den Brief entgegen. Er konnte es nicht fassen. Er hatte wirklich Post! Heute, am Heiligen Abend, hielt er einen Brief in seiner Hand. Es war das erste Mal, dass er hier im Knast Post bekam. Was für ein Weihnachtsgeschenk!

Er war ganz aufgeregt. Wer hatte ihm wohl geschrieben? Die Handschrift war ihm fremd. Und als er den Briefumschlag umdrehte und auf dessen Rückseite den unbekannten Namen las, konnte er sich keinen Reim darauf machen. *Tina Breitner.* Eine Frau? Auch die Adresse sagte ihm nichts. Er kannte niemanden aus Stolberg. Was also wollte diese Frau von ihm? Langsam ging er zurück in seine Zelle. Dort setzte er sich an den kleinen wackeligen Tisch und öffnete vorsichtig den Briefumschlag. Die Frau hatte eine sehr schöne gleichmäßige Handschrift.

Sehr geehrter Herr Lehmann!
Sie wundern sich sicher, von mir Post zu bekommen. Am dritten Advent haben wir mit unserem kleinen Chor der Markuskirche den Gottesdienst in ihrer Haftanstalt mitgestaltet. Vielleicht erinnern Sie sich daran. Wir waren anschließend ins Gespräch gekommen. Sie nannten mir ihren Namen

und gewährten mir einen kleinen Einblick in ihr Leben. Sie erzählten von dem Unfalltod ihres Arbeitskollegen – diesem Ereignis, das für seine Familie eine schwere Katastrophe war und viel Leid über sie brachte. Aber auch ihr Leben erfuhr dadurch eine furchtbare Wendung. Und Sie berichteten mir, wie Sie nun leben und wie es Ihnen jetzt im Gefängnis geht. Aber auch, dass Sie während Ihrer langen Haftstrafe zum Glauben finden durften. Was für ein Geschenk! All das, was Sie mir an jenem dritten Adventssonntag anvertraut haben, ist mir nicht mehr aus dem Sinn gegangen.

Als ich neunzehn Jahre alt war, verstarb meine Großmutter. Ich hatte eine ganz besondere, sehr innige Beziehung zu ihr. Wir standen uns sehr nahe. Sie war ein tiefgläubiger Mensch und eine herzensgute Seele. Sie hinterließ mir ihre alte abgegriffene Bibel. Ein großes schwarzes, sehr schweres Buch. Einige Tage nach ihrer Beerdigung schlug ich diese Bibel auf und blätterte darin herum. Ich glaube, ich suchte darin Trost und Antworten auf meine vielen Fragen. Viele Bibelverse waren unterstrichen. An den Rändern hatte meine Großmutter zahlreiche Bemerkungen notiert. Ich klappte die Bibel wieder zu, denn ich konnte damit nichts anfangen. Also beschloss ich, Antworten in der Markuskirche zu suchen, die meine Eltern und ich bis dahin nur zu Weihnachten besucht hatten. Laut Gemeindebrief fand jeden Donnerstag um zwanzig Uhr eine Bibelstunde statt – das wusste ich, weil meine Oma alle Gemeindebriefe gut aufgehoben hatte. Als ich begann, die Bibelstunde zu besuchen, tat ich mich zunächst sehr schwer, denn es fühlte sich an, als würde ich eine Fremdsprache lernen. Aber mit der Zeit und auch durch meine regelmäßigen Besuche im Gottesdienst kam ich Gott langsam näher. Ich las nicht nur in der Bibel und ging zum Gottesdienst, sondern ich fand auch zum Glauben. Das hatte Auswirkungen auf mein Leben. Ich zog endlich von zu Hause aus und suchte mir eine neue Arbeitsstelle. Außerdem fing ich an, mich in der Gemeinde zu engagieren. Ich half bei der christlichen Tafel und sang im Chor mit. Und so kam es, dass ich am dritten Advent auch mit dabei war, als unser Chor den Gottesdienst bei Ihnen gestaltet hat.

Danach sind wir beide dann ja ins Ge-

spräch gekommen. Und nun schreibe ich Ihnen diesen Brief – vielleicht kann er Ihnen eine kleine Weihnachtsfreude bescheren. Ich wünsche mir, dass die Doppelkarte mit der abgebildeten Krippenszene darauf etwas Trost und weihnachtliches Licht in Ihre einsame Zelle trägt.

Jesu Krippe und sein Kreuz sind Zeichen von Gottes großer Liebe zu uns Menschenkindern: Gott kommt uns in dem Kind in der Krippe ganz nah. Ich denke, das ist eine wundervolle Botschaft, die auch in die dunkelsten Gefängniszellen dieser Welt hineinreicht.

So wünsche ich Ihnen von ganzem Herzen eine gesegnete Weihnachtszeit – möge Gott Ihnen seinen Frieden schenken!

Im Herrn verbunden,
Tina Breitner

Heiko las diesen ehrlichen, berührenden Brief nicht nur einmal.

Sie hatte ihn mit »Sehr geehrter Herr« angeredet. Das hatte schon lange keiner mehr getan. Hier im Gefängnis kam er sich oft wie ein Mensch dritter Klasse vor.

Und nun erinnerte er sich auch wieder an

das hübsche Gesicht dieser jungen Frau und an ihre warmherzige Stimme.

Nach diesem Gottesdienst am dritten Advent, als er wieder in seiner Zelle gehockt hatte, war er ganz verwundert gewesen, dass er dieser fremden Frau so viel anvertraut hatte. Er kannte sie doch gar nicht! Aber ihre offene Art und ihr freundliches Wesen hatten ihm sehr gutgetan. Er hatte sich wieder als Mensch gefühlt und nicht wie ein Verbrecher, den man aus Sicherheitsgründen vor dem Rest der Gesellschaft wegsperren musste. Sie hatte sich nicht gescheut, sich mit ihm, einem verurteilten Verbrecher, an einen Tisch zu setzen und mit ihm zu sprechen. Er vermisste das sehr – ganz gemütlich bei schönem Wetter draußen im Café zu sitzen und sich ungestört und offen mit einem lieben Menschen unterhalten zu können. In diesen Zeilen, die er in den Händen hielt, nahm diese bemerkenswerte Frau so rührend Anteil an seinem Leben. Sie verurteilte ihn nicht. Sie machte ihm keine Vorhaltungen oder gar Vorwürfe. Nein, diese wunderbare junge Frau wünschte ihm einfach nur eine gesegnete Weihnachtszeit und Gottes Frieden. Dass es so etwas noch gab!

Die Doppelkarte mit dem schönen und sehr ansprechenden Krippenmotiv, auf dem der Stall und die Figuren so naturgetreu und lebendig wirkten, stellte er auf sein kleines Regal direkt neben seine Bibel. So konnte er sie gut sehen und sich daran freuen.

Während er die Karte betrachtete, kehrte mit einem Mal eine tiefe, nie erlebte Weihnachtsfreude in sein Herz ein. Und plötzlich wusste Heiko Lehmann: Er brauchte keine Angst zu haben, wenn er im neuen Jahr nach so langer Zeit wieder in die Freiheit entlassen wurde – alles würde gut werden.

Vorlesezeit: 12 Minuten

Ein Hund zu Weihnachten?

Sie kennen das sicher auch: Von Jahr zu Jahr werden die Weihnachtswünsche ihrer lieben Kinder oder süßen Enkelkinder immer mehr, immer größer und leider auch immer teurer. Verdächtig wird es aber erst, wenn die Kinder nur noch einen einzigen Wunsch an den guten alten Weihnachtsmann haben ...

So auch die zwölfjährige Birgit. Gut, sie glaubte natürlich nicht mehr an den Weihnachtsmann und wusste schon längst, dass ihre Eltern zu Weihnachten die Geschenke unter den Tannenbaum legten.

»Bitte Mutti! Ich will sonst nichts weiter

zu Weihnachten haben. Wirklich! Nur einen Hund. *Bitte!*«

»Birgit!«, erwiderte Frau Heinz mahnend. »Wir haben doch bereits im letzten Jahr beschlossen, dass ein Hund nicht infrage kommt.«

»*Du* hast das beschlossen!«, widersprach Birgit ihrer Mutter. Frau Heinz hasste derartige Diskussionen mit ihrer Tochter, die meist mit einem heftigen Gefühlsausbruch ihrer Großen endeten.

»Erstens wäre ein Hund in der Wohnung viel zu lange sich selbst überlassen. Du gehst zur Schule, unser kleiner Holger ist im Kindergarten und Vater und ich müssen zur Arbeit. Zweitens können wir uns einen Hund einfach nicht leisten, so klein er auch sein mag. Denk an die Versicherung, das Hundefutter und das ganz Zubehör, von den Tierarztkosten ganz zu schweigen. Ende der Diskussion – wünsch dir zu Weihnachten etwas Vernünftiges!«

Etwas Vernünftiges, überlegte Birgit. Als wenn ein Hund nicht etwas Vernünftiges wäre! Erwachsene konnten so unnachgiebig sein. Und ihre Mutter leider ganz besonders!

»Sobald ich groß bin, hole ich mir sofort einen Hund!«

Und in diesem Augenblick sehnte sie sich geradezu danach, endlich erwachsen zu sein.

»Wenn du erwachsen bist, dein eigenes Geld verdienst und eine eigene Wohnung hast, mein liebes Kind, dann kannst du tun und lassen, was dir gefällt.«

Birgit war nun ziemlich verärgert, weil sie ihren Wunsch nach einem eigenen Hund auch in diesem Jahr nicht durchsetzen konnte.

Frau Brenner war wie jeden Mittag nach dem Essen mit ihrem Hund unterwegs. Lumpi war ein dreifarbiger Drahthaar-Foxterrier und gehörte damit einer sehr robusten Hunderasse an. Er war ein kleiner Dickkopf und wurde schnell eifersüchtig, ansonsten aber war er ein liebes und lustiges Kerlchen. Allerdings brauchte er auch mit seinen acht Jahren noch viel Bewegung und genug Auslauf. Sonst konnte der neugierige und sehr lebhafte Hund schnell launisch werden.

Aber seit einigen Tagen schon plagten Frau Brenner zunehmende Beschwerden beim Gehen. Ihr linker Fuß schwoll häufig an und verursachte immer öfter heftige Schmerzen. Ganz früh am Morgen oder spät am Abend war es nicht so schlimm, da ging sie mit ihrem Hund immer nur eine kurze Runde spazieren. Aber die große Runde am Mittag – die bereitete ihr Probleme.

Leider konnten ihre Kinder ihr den Spaziergang mit dem Hund nicht abnehmen, denn sie wohnten nicht in derselben Stadt. Nur ganz selten war ihnen das möglich. Aber selbst dann hatte Frau Brenner den Eindruck, dass sie es nicht wirklich gerne taten.

Nun, sie war ja schon froh und dankbar, dass ihre Schwiegertochter jeden Freitag mit ihr zum Supermarkt fuhr, damit sie ihre schweren Einkaufstaschen nicht mehr allein nach Hause tragen musste. Früher, als Frau Brenner noch besser laufen konnte, war sie immer allein einkaufen gegangen. Doch mit zunehmendem Alter und all den Wehwehchen, die sich mit einem Mal eingestellt hatten, ging das nicht mehr so gut. Es wurde von Tag zu Tag mühsamer. Inzwischen hatte sie sogar eine junge Frau eingestellt, die jeden Mittwochvormittag für zwei Stunden kam und ihre Wohnung wieder blitzblank putzte. Aber Frau Meister – so hieß die gute Fee – hatte leider nicht viel für Hunde übrig und außerdem keine Zeit, um auch noch jeden Mittag den Vierbeiner von Frau Brenner auszuführen.

Klara, ihre allerbeste Freundin, die sie schon seit Kindertagen kannte, hatte ihr bei einem gemeinsamen Kaffeetrinken doch tatsächlich geraten: »Dann gib den Hund in ein Tierheim, wenn du nicht mehr mit ihm laufen kannst.«

»Aber Klara – so etwas kannst du nur sagen, weil du keine Hunde magst! Ich weiß, deiner Ansicht nach gehören Tiere überhaupt nicht ins Haus.« Frau Brenner war über den Vorschlag ihrer Freundin richtig empört gewesen.

»Lumpi ist mir doch in den acht Jahren, in denen er schon bei mir lebt, ans Herz gewachsen. Was du dir nur denkst! Er ist schon als Welpe zu mir gekommen und wie ein Familienmitglied für mich geworden. Ich liebe diesen Hund!«

»Ja, dann kann ich dir leider auch nicht helfen!«

Als Klara dann wieder gegangen war, hatte

Frau Brenner laut mit sich selbst gesprochen: »Aber in einem hat Klara recht: Es muss unbedingt eine Lösung her! Denn so kann es auf keinen Fall weitergehen.«

Mittlerweile hatte der Doktor bei ihr eine starke Bänderüberdehnung diagnostiziert. Er hatte ihr eine Salbe verschrieben und ihr geraten, einen Stützverband anzulegen und sich zu schonen. Aber wie sollte sie das tun? Ihr Lumpi brauchte doch jeden Tag ausreichend Bewegung!

Frau Brenner brauchte nun unbedingt einen zuverlässigen Menschen, der mit ihrem Lumpi regelmäßig am Mittag spazieren ging. Doch da gab es noch ein großes Problem. Lumpi ging noch lange nicht mit jedem mit. Eigentlich ging er mit niemandem mit. Lumpi war total auf sein altes Frauchen fixiert. Was in aller Welt sollte sie nun tun? Frau Brenner schickte ein Stoßgebet zum Himmel: »Lieber Gott, erbarme dich und komm mir zu Hilfe!«

Inzwischen war es Weihnachten geworden. Am Mittag des vierundzwanzigsten Dezember machte sich Frau Brenner trotz starker Schmerzen im linken Fußgelenk auf, um mit Lumpi noch vor dem Weihnachtsgottesdienstbesuch eine Runde durch den angrenzenden Park zu gehen. Sie nahm sich vor, ganz langsam und behutsam zu laufen.

Es war wunderschön draußen. Die Sonne schien und es war angenehm mild. Auch in diesem Jahr sah es nicht nach einer weißen Weihnacht aus. Frau Brenner konnte sich nicht erinnern, wann es das letzte Mal am linken Niederrhein so richtig viel und ausdauernd geschneit hatte.

Im Park traf sie auf Birgit. Sie kannte das Mädchen aus ihrer Nachbarschaft, denn Birgit war ihr oft begegnet, wenn sie mittags von der Schule nach Hause kam. Sie war ein liebes und sehr aufgeschlossenes Mädchen, das immer ganz höflich grüßte. Birgit hatte noch einen kleineren Bruder, den sie offenbar sehr liebte. Das erkannte Frau Brenner an der Art, wie sie mit ihm umging.

Aber heute sah das Kind todunglücklich aus. Und das am Heiligen Abend! Da warteten doch alle Kinder voller Spannung und Vorfreude auf die Bescherung.

»Guten Tag, Birgit!«

»Guten Tag, Frau Brenner!«

Lumpi war gleich ganz erfreut an dem Mädchen hochgesprungen.

»Guten Tag, Lumpi!« Birgit streichelte den

Hund ausgiebig und er ließ sich das gerne gefallen.

»Willst du uns ein wenig begleiten?«

»Ja, gerne.«

Und so gingen die alte Dame mit ihrem Hund Lumpi und die kleine Birgit ein Stück gemeinsam durch den Park.

»Und – weißt du schon, was du zu Weihnachten an Geschenken bekommst?«

»Ach, die ganzen Geschenke können mir gestohlen bleiben!«

Darum also sah Birgit so traurig aus. Irgendetwas stimmte nicht.

»Nanu? Wie kommt denn das?«

»Ich habe mir zu Weihnachten einen Hund gewünscht. Aber meine Mutter sagt, dass es keinen Hund gibt! Ein Hund sei zu teuer und außerdem sei er den ganzen Vormittag allein in der Wohnung. Dabei möchte ich doch so gerne einen Hund haben ...«

»Aber leider hat deine Mutter vollkommen recht.«

»Ich weiß ... Ich sehe das ja auch ein, aber es ist so schwer. Ich habe sogar schon gebetet, dass Gott mir einen Hund schenkt.«

»Willst du mal meinen Lumpi an die Leine nehmen?«

Sofort nahm Birgit ganz begeistert die Hundeleine entgegen und strahlte dabei über das ganze Gesicht. Lumpi schaute sie etwas irritiert an und sah anschließend zu seinem Frauchen hinauf, als wollte er empört fragen: »Was soll *das* denn werden?«

Brau Brenner aber war gerade eine Idee gekommen. Birgit wollte so gerne einen Hund und sie selbst suchte händeringend nach einem »Gassigänger« für ihren Lumpi – das passte doch!

»Würde es dir vielleicht Freude machen, mit meinem Lumpi spazieren zu gehen, wenn du mittags aus der Schule kommst? Mein linker Fuß macht mir arge Probleme und mein Arzt will unbedingt, dass ich mich schone. Aber ich muss eigentlich jeden Mittag mit dem Hund eine größere Runde gehen, denn Lumpi braucht ausreichend Bewegung.«

Birgit hatte bei Frau Brenners Vorschlag große Augen bekommen. »Au ja! Das wäre cool!«

»Die ersten Tage gehen wir zusammen mit Lumpi Gassi und ich zeige dir, auf was du alles achten musst. Und wenn Lumpi dich gut genug kennt, dir vertraut und dir auch gehorcht, dann kannst du ganz allein mit ihm spazieren gehen. Na, was sagst du dazu?«

»Ach, das wäre einfach zu schön!«, strahlte Birgit die alte Dame begeistert an.

»Ich denke, deine Eltern werden damit einverstanden sein. Und außerdem brauchst du das nicht umsonst zu tun. Du hast also für einige Zeit am Tag einen Hund und kannst dabei gleichzeitig dein Taschengeld etwas aufbessern!«

Birgit und Frau Brenner waren sich also einig. Jetzt musste Birgit nur noch ihre Mutter überzeugen. Ihr Vater würde sowieso Ja sagen, denn er war nicht so streng wie ihre Mutter. Frau Brenner für ihren Teil musste nun ihren Lumpi dazu bringen, dass er auch ohne sein Frauchen mit Birgit ging. Das würde sicher nicht ganz so einfach werden, aber da musste ihr Hund nun durch – schließlich würde er auch davon profitieren.

Als Birgit nur wenige Stunden später im Kreis der Familie ihre Weihnachtsgeschenke entgegennahm und auspackte, wirkte sie erstaunlich ausgeglichen und fröhlich. Ihre

Mutter hatte schon befürchtet, Birgit würde ein langes Gesicht machen und die ganze weihnachtliche Stimmung zum Kippen bringen, nur weil sie zu Weihnachten keinen Hund bekam.

»Birgit«, wollte ihre Mutter beim Abendessen wissen, »was führst du ihm Schilde?« Sie kannte ihr liebreizendes Töchterlein nur allzu gut. Da war doch etwas im Busch.

»Ich bekomme vielleicht doch noch zu Weihnachten einen Hund!«

Ihr Vater verschluckte sich gleich bei diesem Reizthema, ihr kleiner vierjähriger Bruder Holger bekam einen Lachanfall und ihre Mutter hielt die Luft an.

»Wie meinst du das?«

»Keine Angst, Mama – keinen *eigenen* Hund. Ihr kennt doch Frau Brenner, die alte Dame, die mit ihrem Hund Lumpi zwei Häuser weiter im Erdgeschoss wohnt? Ich habe sie heute Mittag im Park getroffen und wir haben uns unterhalten. Auch darüber, dass ich gerne einen eigenen Hund haben möchte, was aber nicht geht. Frau Brenner ist nicht mehr so gut zu Fuß und hat mich gefragt, ob ich Lust hätte, nach der Schule mit ihrem Hund Gassi zu gehen.«

Birgit schaute ihre Mutter flehentlich an. »Bitte Mutti! Darf ich?«

Frau Heinz sah zu ihrem Mann hinüber, der nur in einer hilflosen Geste seine Schultern hob. Dann wandte sie sich wieder ihrer Tochter zu und meinte versöhnlich: »Ja, du kannst gerne jeden Tag mit dem Hund von Frau Brenner spazieren gehen – aber erst, nachdem du deine Schulaufgaben sorgfältig erledigt hast.«

Denn mit den täglichen Schulaufgaben hatte ihre Tochter es nicht so. Dennoch war sie eine gute Schülerin und brachte stets gute bis sehr gute Schulnoten nach Hause. Warum also sollte Frau Heinz ihrer Tochter diese Bitte verwehren? Außerdem – wenn damit nun endlich das leidige Thema »Hund« ein Ende fand, war allen geholfen und der Familienfrieden gesichert, wenigstens in diesem Punkt.

»Danke Mutti! Danke!« Vor Freude warf sich Birgit ihrer Mutter an den Hals und umarmte auch ihren Vater ganz stürmisch. Selbst ihr kleiner Bruder Holger bekam einen dicken feuchten Schmatzer auf seine Stirn gedrückt, worauf er vor Vergnügen quietschte.

Nun war Weihnachten gerettet!

Dass Birgit durch das Gassigehen mit Frau Brenners Hund sogar noch ihr Taschengeld aufbessern konnte, darüber freute sich ihre Mutter ganz besonders.

Gleich am ersten Weinachtfeiertag holte Birgit Frau Brenner mit ihrem Hund Lumpi zu Hause ab. Begeistert erzählte sie der alten Dame nicht nur, was sie alles zu Weihnachten bekommen hatte, sondern auch, dass ihre Eltern damit einverstanden gewesen waren, dass sie Lumpi nun jeden Tag ausführte.

»Siehst du«, meinte Frau Brenner zu Birgit gewandt, »manchmal erfüllt Gott unsere Wünsche etwas anders, als wir uns das so gedacht haben.«

»Ach, Frau Brenner! Dass ich Ihren Lumpi nun jeden Tag ausführen darf, das ist mein schönstes Weihnachtsgeschenk!«

Vorlesezeit: 11 Minuten

Taxi

Eigentlich hatte er für diesen Monat schon genug Umsatz gemacht. Er hätte also getrost zu Hause bleiben und es sich richtig gemütlich machen können. Aber er konnte die stillen Weihnachtsfeiertage nicht so wie früher genießen oder sich an ihnen freuen. Und er hielt es zu Hause auch gar nicht lange aus. Denn das Haus war so kalt und leer ohne *sie*.

So war Ralf auch am vierundzwanzigsten Dezember mit seinem Taxi unterwegs. Die meisten Menschen waren froh, wenn sie heute nicht arbeiten mussten. Niemand arbeitete an diesem Tag gerne und schon gar nicht nach fünfzehn Uhr. Doch bei Ralf war das anders. Es war das erste Weihnachtsfest, das er ohne seine geliebte Frau Hellen und ganz allein verleben würde. Vor neun Monaten war sie von ihm gegangen. Sie war ganz plötzlich an Herzversagen gestorben. Da war eine Welt für Ralf zusammengebrochen.

Seine Eltern, seine Schwiegereltern und auch seine Freunde hatten ihn zu Weihnachten eingeladen, doch er wollte das Fest nicht bei ihnen verbringen. Er fühlte sich als Besucher ohne seine Frau an seiner Seite fehl am Platz, so als gehörte er nicht dazu. Und er hatte das Gefühl, nur aus Mitleid eingeladen zu sein. Nein, da blieb er lieber für sich. Mit seiner Traurigkeit im Herzen, die an diesem ersten Weihnachtsfest ohne seine Frau besonders stark war, würde er nur die Stimmung der anderen niederdrücken.

Mit viel Straßenverkehr war jetzt am Heiligen Abend wohl nicht zu rechnen, also fuhr er kurz entschlossen bis ins Stadtzentrum von Düsseldorf hinein. Vielleicht konnte er dort am Hauptbahnhof oder am Schauspielhaus oder in der Altstadt noch Fahrgäste aufnehmen. Aber die Straßen dieser großen Stadt waren wie leer gefegt.

Er fuhr gerade durch die Luisenstraße in Richtung Hauptbahnhof, als ihm völlig unerwartet eine junge Frau vor seinen Wagen sprang. Sie war blindlings zwischen den am Fahrbahnrand parkenden Autos hindurch auf die Straße gelaufen. Zum Glück war er nicht schnell gefahren und konnte gerade noch eine Vollbremsung hinlegen. Die junge Frau wirkte auf ihn wie ein Reh, das von einem Jäger durch den Wald gehetzt wurde. Schnell kam sie zur Beifahrertür gestürzt, riss die Wagentür auf und schrie gleichzeitig ganz hysterisch: »Fahren Sie los! Schnell, schnell! So geben Sie doch schon Gas!«

Ralf hatte sich augenblicklich wieder gefangen und fuhr langsam an. Im Rückspiegel sah er, wie ein Mann von hinten auf die Fahrbahn gelaufen kam und auf sein Taxi zurannte. Da hatte er mit dem Jäger wohl ins Schwarze getroffen! Jetzt gab er richtig Gas und sein Wagen schoss mit quietschenden Reifen vorwärts.

Die Frau neben ihm schaute sich ängstlich um und schien sichtlich erleichtert, dass sie ihrem Verfolger in letzter Minute entkommen war. Ralf musterte seinen unerwarteten weiblichen Fahrgast verstohlen von der Seite. Die Frau hatte nur eine Jeans und einen recht dünnen, langärmligen roten Pullover an. An ihren Füßen trug sie weiße Turnschuhe.

Nicht gerade passend für diese Jahreszeit – und dann noch ohne Mantel oder Winterjacke! Zwar lag auch in diesem Jahr leider kein Schnee, aber dennoch war es draußen bitterkalt. Mit ihren Händen, die immer noch leicht zitterten, hielt die Frau krampfhaft eine große schwarze Handtasche fest umklammert. Diese Handtasche war ihr wohl sehr wichtig. Vielleicht war sie das Einzige aus ihrem alten Leben, das die junge Frau im letzten Augenblick hatte retten können, fuhr es Ralf durch den Kopf. Ihr schönes schulterlanges blondes Haar umrahmte wirr und scheinbar ungekämmt ihr hübsches Gesicht. Die linke Gesichtshälfte war stark angeschwollen und um ihr linkes Auge hatte sich ein Bluterguss gebildet. Tränen liefen über ihre Wangen.

»Wohin möchten Sie?«, fragte Ralf nach einer Weile ganz vorsichtig. Die Frau schaute ihn nur irritiert an.

»Ich weiß nicht, wohin.« Sie klang sehr unsicher und verzweifelt.

»Was ist geschehen?« Ralf konnte es sich zwar denken, fragte aber dennoch nach, um das Gespräch in Gang zu halten.

»Mein Freund ...« Ihre Stimme zitterte. Sie brach ab.

»Häusliche Gewalt?«

»Wie?«

»Hat Ihr Freund Sie geschlagen?«

»Ja!«

»Haben Sie jemanden, bei dem Sie wohnen können?«

»Nein.«

»Soll ich Sie in ein Hotel fahren?«

»Nein! Für ein Hotel habe ich nicht genug Geld!«

Wahrscheinlich hatte sie überhaupt kein Geld bei sich, mutmaßte Ralf.

Ralf war während dieser stockenden Unterhaltung ganz automatisch in einem großen Bogen wieder zurück über die Oberkasseler Brücke gefahren, durch Oberkassel und Lörick hindurch, immer auf der Bundesstraße neun Richtung Meerbusch-Osterath. Nun bog er in die Goethestraße ein und kam vor der Garage seines kleinen Reihenhauses zum Stehen. Er wohnte hier in einer sehr ruhigen Wohngegend. Viele Fenster waren weihnachtlich geschmückt. In einigen Vorgärten leuchteten Tannenbäume. Bei seinen Nachbarn auf der linken Seite war sogar die ganze Dachrinne mit einer hell leuchtenden Girlande geschmückt.

»Sie können, wenn Sie wollen, erst mal mit zu mir kommen.«

Die Frau schaute ihn voller Verzweiflung an. Konnte sie ihm trauen? Aber der Taxifahrer sah sie so offen und ehrlich an. Er hatte eine angenehme Stimme, er war sehr gepflegt und wirkte hilfsbereit und freundlich.

»Ja!«, sagte sie leise. Dabei hoffte sie inständig, dass dieser fremde Mann ihre Situation nicht ausnutzen würde. Aber so sah er nicht aus. Sie musste es einfach wagen und ihm vertrauen. Sie hatte gar keine andere Wahl.

»Ich bin Ralf!« Freundlich reichte er ihr die Hand. »Darf ich auch Ihren Namen erfahren?«

»Conny!«

Ralf stieg aus und öffnete das Garagentor, dann kam er zurück und fuhr sein Taxi in die Garage. Es war sicher besser, wenn er den Wagen nicht vor dem Haus stehen ließ, falls der gewalttätige Freund von Conny nach ihnen suchen sollte.

Ralf lebte nun schon recht lange allein in seinem Haus. Aber so sah es gar nicht aus. Alles war sauber und ordentlich. Zum Glück hatte er ein Gästezimmer. Eigentlich hätte es einmal das Kinderzimmer werden sollen. Aber nachdem ihr Kinderwunsch unerfüllt geblieben war, hatten seine Frau und er es als Gästezimmer einrichten lassen.

Conny sah sich ängstlich um. Dabei fiel ihr auf, dass die Wohnung überhaupt nicht weihnachtlich geschmückt war.

»Ihre Frau hat nichts dagegen, dass sie mich mitbringen?«

»Meine Frau ist leider Anfang des Jahres verstorben. Seitdem lebe ich hier allein.«

»Oh!« Sie schien ehrlich betroffen zu sein.

»Bitte, kommen Sie, Conny. Ich zeige Ihnen das Gästezimmer. Da können Sie erst einmal zur Ruhe kommen.«

Sie gingen nach oben. Er öffnete ihr die Tür zum Gästezimmer.

»Gleich nebenan ist das Bad, falls Sie sich etwas frisch machen möchten. Im Regal finden Sie Handtücher, bedienen Sie sich nur. Ich gehe inzwischen wieder nach unten in die Küche und mache uns mal eine Kleinigkeit zu essen. Später, wenn Sie sich etwas beruhigt haben, können wir vielleicht zusammen essen und Sie können mir in aller Ruhe erzählen, was Ihnen zugestoßen ist, wenn Sie möchten.«

Conny war froh, so schnell eine sichere Zuflucht für sich gefunden zu haben. Ganz erleichtert ging sie ins Bad. Aber was sollte nun werden? Morgen? Oder übermorgen? Sie hatte nicht die geringste Ahnung.

Ralf war inzwischen hinunter in die Küche gegangen, hatte im Handumdrehen aus seinen Vorräten ein leckeres Reisgericht gezaubert und einen schmackhaften Salat zubereitet. Zum Schluss öffnete er noch eine Flasche Wein und deckte in der gemütlichen Essecke den Tisch für sie beide. Er war noch nicht ganz fertig mit seinen Vorbereitungen, als er ihre Schritte auf der Treppe vernahm.

»Ich bin hier!«, rief er ihr zu. Sie hatte ihr Gesicht gewaschen, die Haare gekämmt und ihr Make-up aufgefrischt.

»Kommen Sie, Conny. Nehmen Sie doch bitte Platz.«

»Danke!«

Sie sah sich aufmerksam um. Dieser gutbürgerliche Haushalt schien gar nicht zu Ralf zu passen. Sie hatte ihn ganz anders eingeschätzt, nicht so bodenständig und häuslich. Ralf stellte die Salatschüssel und auch die Platte mit dem Reisgericht auf den Tisch. Dann hob er die Weinflasche hoch.

»Darf ich Ihnen ein Glas Wein einschenken, oder möchten Sie lieber ein anderes Getränk?«

»Nein, danke! Wein ist ganz in Ordnung für mich.«

Sie hatte sich wieder einigermaßen gefangen. Ihre Stimme klang nun wieder fest und klar. Nur die Spuren der Gewalttat in ihrem Gesicht hatte sie nicht ganz kaschieren können.

»Bitte bedienen Sie sich doch!« Er reichte ihr die Platte mit dem Reisgericht an. Dankbar kam sie der freundlichen Aufforderung nach. Erst jetzt, als ihr der köstliche Duft in die Nase stieg, spürte sie, wie hungrig sie war.

»Bitte nehmen Sie auch von dem Salat!«

Ralf füllte sich ebenfalls seinen Teller.

»Hm! Das Essen schmeckt hervorragend. Dass Sie in der kurzen Zeit ein so gutes Gericht zaubern können – ich bin beeindruckt!«

Sie ist wunderschön, dachte Ralf. Vor allen Dingen, wenn sie ihm so wie jetzt ein zaghaftes Lächeln schenkte. Diese junge Frau hatte seinen Beschützerinstinkt geweckt. Sie musste etwa im gleichen Alter wie seine verstorbene Frau Hellen sein. Zum ersten Mal seit ihrem Tod nahm er eine andere Frau wieder wirklich wahr. Denn heute, am Heiligen Abend, saß ihm an seinem Tisch eine hübsche junge Frau gegenüber und war auf seine Fürsorge angewiesen.

»Ich wollte es nicht wahrhaben«, begann sie nach dem Essen, als sie zusammen im Wohnzimmer saßen. »Bernd war erst so freundlich und zuvorkommend mir gegenüber gewesen. Wir hatten uns in einem Café kennengelernt und dann habe ich mich von jetzt auf gleich in ihn verliebt. Vor lauter Liebe war ich blind und habe alle Warnsignale in den Wind geschlagen. Ich habe meinen Job und meine Wohnung gekündigt und alles für ihn aufgegeben. Als ich bei ihm einzog, hatte ich also sozusagen alle Brücken hinter mir abgebrochen. Doch als er sein Ziel erreicht hatte, zeigte er sein wahres Gesicht. Vor allen Dingen dann, wenn ich anderer Meinung war als er. Dann ist er sofort gewalttätig mir gegenüber geworden. Aber zum Glück gelang es mir in einem Augenblick, als er abgelenkt war, aus der Wohnung zu fliehen. Damit hatte er wohl gar nicht gerechnet, weil ich so eingeschüchtert war. Den Rest kennen Sie ja.«

»Wollen Sie Anzeige erstatten?«

»Nein!«

»Nein? Warum nicht?«

»Ich kenne das. Da steht am Ende Aussage gegen Aussage. Außerdem wird er sich an mir rächen wollen, wenn ich ihn anzeige, und keine Ruhe geben, bis er mich gefunden hat. Wenn ich nicht zur Polizei gehe, habe ich eher eine Chance, dass er mich vergisst und in Zukunft in Ruhe lässt.«

»Da könnten Sie natürlich recht haben, Conny. Aber was haben Sie jetzt vor? Wo wollen Sie hin?«

Es entstand eine kurze angespannte Stille. Sie überlegte fieberhaft. Aber sie musste es wagen. Ihr blieb im Augenblick gar keine andere Möglichkeit.

»Bitte – kann ich vorerst bei Ihnen bleiben, nur bis ich wieder eine Arbeitsstelle habe und mir eine eigene Wohnung leisten kann?«

»Ja, warum nicht?« Ralf war selbst über seine Antwort erstaunt. Jeder vernünftig denkende Mensch hätte ihn für verrückt erklärt. Konnte er eine wildfremde Frau, die dazu noch völlig mittellos war, bei sich zu Hause wohnen lassen? Er kannte sie doch überhaupt nicht. Wo würde das am Ende hinführen?

In seinem Herzen aber dachte er: *Heute ist Heiliger Abend.* An einem Abend wie diesem hatten vor langer Zeit auch Maria und Josef eine Herberge, eine Zufluchtsstätte, für sich gesucht. Doch niemand hatte die kleine Familie damals aufgenommen. Dabei war Maria hochschwanger gewesen mit Jesus, dem Heiland, Gottes Sohn. Am Ende hatten sie in einem Stall Zuflucht gefunden, wo Maria das Kind zur Welt brachte. In einem Stall! Diese fremde Frau hier an seinem Tisch suchte auch Zuflucht. Und er konnte ihr mehr als nur einen Stall anbieten. Er hatte ein wunderschönes warmes Gästezimmer für sie! Außerdem war er nun nicht mehr allein in diesem Haus. Er war nicht gerne allein. Schon gar nicht jetzt zu Weihnachten.

Sie sprachen noch lange miteinander. Doch schließlich fragte Ralf sie ganz unvermittelt, ob sie ihn jetzt zur Christmette in die Lukaskirche begleiten würde.

»Im Ernst? Glaubst du an Gott?«

»Heute ist Heiliger Abend. Es wäre das erste Mal in meinem Leben, dass ich keinen Weihnachtsgottesdienst besuchen würde.«

»Der Gottesdienst würde dir fehlen?«

»Ja! Von klein auf gehört für mich der

Gottesdienstbesuch zum Heiligen Abend unbedingt dazu.«

Er reichte Conny einen dunklen gefütterten Parka von sich und dann gingen sie tatsächlich gemeinsam zur Lukaskirche, die sich nur wenige Schritte von seinem Haus entfernt befand. Conny konnte sich nicht entsinnen, wann sie das letzte Mal eine Kirche von innen gesehen hatte. Aber die ganze Atmosphäre, die vielen Lieder und auch die Predigt des Pastors nahmen sie sofort gefangen und gingen ihr sehr zu Herzen. Und als sich am Ende des Gottesdienstes die ganze Gemeinde erhob und im Stehen das Lied »Stille Nacht« anstimmte, zog in ihrer beider Herzen tiefer Frieden und eine nie zuvor gespürte Weihnachtsfreude ein.

Vorlesezeit: 12 Minuten

Einmal Mini, immer Mini

Ich liebe Bücher und deren Geruch. Deshalb gibt es für mich auf der ganzen Welt keinen schöneren Ort als einen Buchladen. Je größer, desto besser für mich. Obwohl gerade die kleineren Läden oft mehr Charme besitzen, viel gemütlicher wirken und dort auch die Beratung meist viel persönlicher ist – besonders, wenn man so wie ich Stammkunde ist. Stundenlang kann ich mich in einer Buchhandlung aufhalten und alles um mich herum vergessen.

Einkaufen zu gehen allerdings – das hasse ich! Dabei ist es ganz egal, ob es sich um Lebensmittel, Kleidung oder andere Dinge handelt. Selbst zu einem Schuhkauf mache ich mich nur auf den Weg in die Stadt, wenn es unbedingt sein muss.

Aber einen Buchladen zu betreten – das ist für mich so, als wäre ich eine Forscherin auf Expedition und würde ganz vorsichtig kostbare Schätze oder sehr bedeutende, historisch wertvolle Bauwerke ausgraben.

Wenn das Cover eines Buches besonders schön, originell oder reizvoll gestaltet ist, bleibt mein Blick sofort daran haften. Es zieht mich dann unwiderstehlich an. Ich muss das Buch einfach vorsichtig in die Hand nehmen und das Bild auf dem Buchdeckel ganz genau betrachten. Ich streiche mit meiner linken Hand sachte über das Bild und staune, wie ausdrucksstark es ist. Danach erst schenke ich dem Namen der Autorin oder des Autors meine Aufmerksamkeit.

Wenn ich dann noch den Namen kenne und vielleicht sogar ein Buch der Autorin oder des Autors in meinem großen Bücherregal zu Hause stehen habe, steigt mein Interesse noch mehr.

Ich drehe das Buch um und lese mir die kurze Beschreibung des Inhaltes durch. Dabei fällt augenblicklich die Entscheidung, ob dieses Werk im Buchladen bleibt oder ob ich es mit nach Hause nehme. Oft ist ein Bild der Autorin oder des Autors auf der Rückseite des Buches oder auf der inneren Umschlagkappe abgebildet. Das stellt dann für mich noch einmal einen ganz anderen Bezug zu dem Buch her.

Aber auch wenn allein der Titel eines Romans oder eines Krimis für mich erwartungsvoll oder fesselnd klingt, kann ich kaum widerstehen. Und wenn es wirklich sehr, sehr spannend geschrieben ist, dann habe ich es nicht selten an einem einzigen Wochenende durchgelesen. Ich nehme mir dann kaum Zeit für Essen, Trinken oder Schlafen. Smartphone und Türglocke werden auf *lautlos* gestellt, damit ich bloß nicht gestört oder abgelenkt werde.

Wenn ich eine Buchhandlung betrete, führt mich mein erster Weg stets zu der Wand mit dem Bestsellerregal.

Kaum ist zum Beispiel ein neues Buch von Donna Leon erschienen, in dem ein italienscher Commissario namens Guido Brunetti in der alten idyllischen Lagunenstadt Venedig für Recht und Ordnung sorgt, schon ist dieses Buch ganz oben auf dem Bestsellerregal und auch auf meiner persönlichen Hitliste. Die Sachbücher im Bestsellerregal hingegen würdige ich keines Blickes. Und Biografien bekommen nur dann meine Aufmerksamkeit geschenkt, wenn mich diese Person, deren Leben da auf Hunderten von Seiten vor uns Lesern ausgebreitet wird, wirklich interessiert und neugierig macht.

Es war Mitte November, als ich in meinem Lieblingsbuchladen am alten Rathaus ein Weihnachtsgeschenk für meine Mutter suchte. Natürlich ein Buch – was sonst! Hatte ich doch von ihr meine Leidenschaft und meine Liebe zur Literatur geerbt, wenn das mit dem Vererben überhaupt so funktioniert. Auf jeden Fall hatte meine Mutter in mir von klein auf durch Vorlesen und erste Kinderliteratur, die sie mir schenkte, die Liebe zu Büchern geweckt.

Ich stand also mitten im Buchladen an einem breiten Warentisch, der mit Neuerscheinungen gefüllt war, und hielt gerade das neueste Buch von Ildikó von Kürthy in der Hand. Diese im Gegensatz zu mir noch recht junge Frau ist Journalistin und eine sehr sympathische und humorvolle Frau. Der Titel ihres neuesten Werkes hingegen las sich recht trocken: »Hilde«. Aber unter diesem Titel hieß es weiter: »Mein neues Leben als Frauchen«. Frau von Kürthy hatte sich doch tatsächlich eine kleine weiße Mischlingshündin, eine Kreuzung aus Pudel und Golden Retriever, nach Hause geholt. Und mit Hilde zusammen war Frau von Kürthy auch auf dem Cover ihres Buches abgebildet, das augenblicklich mein Interesse weckte. Hatte ich doch vor Kurzem erst erwogen, mir einen kleinen süßen Vierbeiner anzuschaffen, sobald ich in Rente ging. Am ersten Dezember, in einem Monat, wäre es endlich so weit. Es musste schön und erfüllend sein, solch ein kleines Lebewesen zu umsorgen und ihm ein behagliches Zuhause zu bieten! Ich hatte es früher immer geliebt, meine Familie und meine zahlreichen Gäste zu verwöhnen und gut zu beköstigen. Aber nachdem meine Kinder schon längst ihr eigenes Leben führten und vor einigen Jahren auch noch mein Mann verstorben war, hatte ich immer spärlichere Kontakte. Es kamen weniger Gäste und auch die Besuche meiner Kinder waren mit der Zeit seltener geworden. Ich lebte nun allein und merkte, wie auch meine Kräfte ganz langsam schwanden. Es überforderte mich, eine große

Party zu geben und viele Gäste zu bewirten. Aber für einen kleinen Hund zu sorgen, das müsste eigentlich eine Kleinigkeit für mich sein. Zudem wäre ich gezwungen, mehrmals am Tag hinaus an die frische Luft zu gehen. Ausreichend Bewegung und Aktivität an der frischen Luft konnten mir im zunehmenden Alter nur guttun. Das wurde in vielen Ratgebern und Apothekenzeitschriften ausdrücklich empfohlen.

Meine Mutter lebte inzwischen in einem Seniorenheim, in dem sie liebevoll und bestens betreut wurde. Also bestanden auch von ihrer Seite her keine großen Ansprüche an mich. Meine regelmäßigen Besuche und die kleinen Mitbringsel, die ich ihr dabei überreichte, machten sie zufrieden und bescherten uns immer eine sehr harmonische Zeit miteinander.

Ich dagegen lebte gar nicht so gerne allein. Aber erneut heiraten wollte ich auch nicht mehr, verglich ich doch jedes männliche Wesen, das versuchte, mich näher kennenzulernen, unbewusst mit meinem Herbert. Nein, da konnte beim besten Willen kein anderer Mann mithalten! So eine liebevolle, harmonische und innige Beziehung würde ich auf dieser Welt wohl nie wieder finden. Aber einen lieben netten Hund, den würde ich ganz gewiss finden, da war ich mir ziemlich sicher. Ich hatte zwar noch nie einen Hund besessen, traute mir seine Haltung aber durchaus zu. Doch was die Rasse und die Größe des Hundes anging, da war ich mir unsicher. Und außerdem: Wo würde ich einen Hund herbekommen? Von einem Züchter? Aus einem Tierheim? Gut, heutzutage konnte man sogar über das Internet an einen Hund kommen. Das aber erschien mir zu undurchsichtig und unseriös.

Vorerst beschloss ich, das Buch »Hilde« zu erwerben, um vielleicht zu erfahren, was es überhaupt bedeutet, sich einen Hund nach Hause zu holen. Für meine Mutter hingegen suchte ich als Weihnachtsgeschenk den neuen Roman von Mariana Leky aus, eine Geschichte über ein Dorf im Westerwald und seine skurrilen Bewohner. Meine Mutter liebte derartige Erzählungen sehr. Danach ging ich zur Kasse, bezahlte meine Schätze und ging bei leichtem Nieselregen glücklich und sehr zufrieden wieder heim.

Endlich: erster Dezember! Mein erster Tag als Rentnerin! Ich hatte tatsächlich etwas länger geschlafen und war noch im Morgenmantel in die Küche gegangen, um mir in aller Ruhe einen Kaffee zu machen. Mit dem Kaffeebecher in der Hand und meiner neu gewonnenen Freiheit stand ich zunächst noch recht unschlüssig in der Küche herum. Heute war also mein erster Tag, an dem ich nicht in aller Frühe in das Büro einer großen Krankenkasse eilen musste. Heute war mein erster Tag, an dem ich tun und lassen konnte, was immer ich wollte – im erlaubten Rahmen, versteht sich. Ich kam mir mit einem Mal wie befreit vor. Kein Druck mehr, kein Zwang mehr! Auf jeden Fall hatte ich beschlossen, mein Leben als Rentnerin so richtig zu genießen und über jeden Tag dankbar zu sein, den Gott mir noch schenken würde.

Ich könnte mich zum Beispiel jetzt fein machen und in die Stadt fahren, um dort ganz gemütlich in einem netten Café zu frühstücken. »Ja, und genau das mache ich jetzt!«

Aber ausgerechnet an diesem ersten Tag als Rentnerin bekam ich, kaum dass ich mich fertig angezogen hatte, unerwarteten Besuch von meinen Kindern. Ich staunte. Sie wollten heute zusammen in den Winterurlaub in die Schweiz fahren und eigentlich hatten wir uns schon am Abend zuvor bei einem herzhaften Essen in unserem Lieblingsrestaurant verabschiedet. Aber nun standen meine fünfunddreißigjährige Tochter Hanna und mein vierzigjähriger Sohn Bruno mit seiner Frau Sabine vor mir und strahlten mich voller Freude an.

»Hallo Mama! Wir wollten dir schnell noch etwas vorbeibringen.«

Hanna hielt dabei einen kleinen Korb mit einer undefinierbaren bräunlichen Masse darin in den Händen. »Oh nein«, dachte ich zunächst verstimmt, »die kommen doch wohl nicht hier anmarschiert, um mir einen Korb voller dunkler Wolle zu überreichen!?« Ich konnte ja gar nicht stricken oder häkeln und hatte auch nicht die geringste Absicht, das im Ruhestand zu ändern. Was dachten sich meine Kinder nur! Ich starrte also ziemlich fassungslos auf die Wolle, die da im Korb lag. Plötzlich aber – erlag ich etwa einer Sinnestäuschung? – bewegte sich die Wolle im Korb ganz leicht. Fast wäre ich vor lauter Schreck nach hinten gekippt.

»Dürfen wir reinkommen?«

»Ja, natürlich.« Unsicher gab ich ihnen

den Weg in meine kleine Zweizimmerwohnung frei.

»Wir wollten dir nur schnell dieses Körbchen vorbeibringen, bevor wir in den Urlaub starten.«

»Bitte Mama!« Hanna hielt mir ganz erwartungsvoll den Korb hin, den ich nur ganz zögernd entgegennahm. Und nun – ich hatte also doch richtig gesehen – erhob sich ganz scheu ein kleines zartes Köpfchen aus dem Korb und zwei kugelrunde dunkle Knopfaugen schauten mich neugierig an.

»Ach, ist der Hund aber süß!« Ich war sofort hin und weg.

»Ich wusste gar nicht, dass du einen Hund besitzt, Hanna! Seit wann hast du denn diese kleine süße Maus? Nett von dir, dass ich so lange auf deinen Hund aufpassen darf, während du im Urlaub bist.«

»Mama!«, unterbrach Bruno meinen Redefluss. »Da liegt ein klitzekleiner Irrtum vor. Es ist nicht Hannas Hund. Und um deine nächste Frage gleich vorwegzunehmen: Es ist auch nicht unser Hund.« Er zeigte dabei auf seine Frau und sich.

»Nein?« Ich verstand überhaupt nichts.

»Nein, Mama. Es ist *dein* Hund! Diese

kleine Dame hier ist quasi ein vorgezogenes Weihnachtsgeschenk von uns dreien.«

»Ja!«, stimmte Hanna ganz begeistert zu. »Damit du, wo du doch ab heute in Rente bist, bloß keine Langeweile hast oder dich gar einsam fühlst so ganz ohne deinen stressigen Job im Büro.«

»Und …«, ergänzte ich nun, die ich endlich die Sache durchschaut hatte, »… damit ich euch nicht mit allzu vielen Anrufen nerve oder ständig bei euch vor der Tür stehe. Ich habe verstanden. Danke!«

Ich lachte meine Kinder vergnügt an, stellte den Korb auf dem Sofa ab und umarmte sie herzlich und dankbar.

»Als wenn eure Mutter Langeweile bekäme!«

Aber tief im Herzen wusste ich natürlich, wie recht sie mit ihren Befürchtungen hatten. Nicht mit der Langeweile, aber mit dem Vor-der-Tür-Stehen und den Anrufen. Denn schon lange vor meiner Pensionierung hatte ich ganz begeistert geäußert, dass wir uns dann viel öfter sehen könnten, um gemeinsam etwas zu unternehmen. Damit hatte ich meine Kinder wohl in Angst und Schrecken versetzt. Auch wenn sie mich natürlich heiß und innig liebten, hatten sie dennoch ihr eigenes, sehr ausgefülltes Leben und dazu anstrengende und fordernde Berufe. Sie waren also nicht darauf erpicht, mich alle naselang bei sich zu haben oder sich von mir ständig ihre Telefonleitungen blockieren zu lassen.

Bevor meine Kinder wieder aufbrachen, holten sie aus dem draußen vor dem Haus geparkten, urlaubsfertig gepackten Wagen einen großen Karton nach oben.

»Was ist das?«, fragte ich meinen Ältesten erstaunt, als er ihn auf dem Couchtisch abstellte.

»Zubehör!« Hanna fischte nun allerlei aus dem Karton heraus. Einen Hundekorb, Dosen- und Trockenfutter, Spielzeug, Halsband, eine Leine und zum Schluss ein Buch über die Hundehaltung eines *Chihuahua*. Denn so hieß diese kleinste Hunderasse der Welt, die da so unerwartet in mein neues Leben als Rentnerin hineingetragen worden war.

»Keine Angst!«, meinte Bruno noch zu mir. »Die kleine Dame wird nicht schwerer als zwei Kilogramm und auch nicht höher als einundzwanzig Zentimeter. Sie ist mini und bleibt mini!«

»Na gut! Dann soll sie auch so heißen.«

»Wie?«, fragten meine Kinder verblüfft im Chor.

»Mini soll sie heißen!«

»Das ist nicht dein Ernst, Mutti.« Sie konnten es nicht fassen.

»So kannst du doch keinen Hund nennen.«

»Doch, diese halbe Portion hier schon!«

Ja, so zog am ersten Tag meines Rentnerdaseins die kleine Mini bei mir ein. Es war Liebe auf den ersten Blick, beidseitig. Natürlich hatte ich zunächst alle Hände voll zu tun, um ihr alles beizubringen und vor allem dafür zu sorgen, dass sie ganz schnell stubenrein wurde. Schon in der ersten Nacht studierte ich gründlich das Buch über die Haltung dieser sehr sensiblen Hunderasse. Aber meine kleine Mini lernte sehr schnell und ich zwangsläufig auch. Plötzlich gab es für uns beide so viel zu beachten und zu üben.

Doch ich hatte nicht nur ohne mein Zutun einen Hund bekommen – wenige Zeit später fand ich auch drei neue Freundinnen, ebenfalls ohne mein Zutun. Denn bei meinen täglichen Gassirunden im angrenzenden Park lernte ich bald eine kleine recht muntere und sehr humorvolle »Gassigehgruppe« kennen: Marlies mit ihrem Dackel Benni, Vera mit ihrer Beagledame Lucie und Inge mit ihrer Terrierhündin Sina. Mit mir und meiner Mini wurde daraus ein »Frauchenquartett«.

Als mich vier Wochen später meine Kinder zu Weihnachten besuchten, erkannten sie Mini kaum wieder. Zunächst einmal wurden sie von der kleinen Dame wild angekläfft, als sie meine Wohnung betreten wollten. Außerdem war Mini erheblich gewachsen und hatte sogar leicht zugenommen.

»Ihr habt mir mit Mini als Geschenk eine so große Freude gemacht, das könnt ich euch gar nicht denken! Als ich heute morgen mit Inge im Weihnachtsgottesdienst war, habe ich auch Gott von ganzem Herzen Danke gesagt.«

»Du warst in der *Kirche*?«

Meine Kinder staunten nicht schlecht.

»Ja und das nicht zum ersten und erst recht nicht zum letzten Mal.«

»Und wer ist Inge?«

»Inge ist meine neue Freundin! Wir zwei und zwei weitere Frauen gehen jeden Tag zusammen mit unseren Hunden eine große Runde durch den Park. Und im Mai wollen wir sogar zusammen an die Ostsee fahren und dort gemeinsam mit unseren Hunden Urlaub machen. Veras Kinder haben dort ein kleines Ferienhaus, das uns zur freien Verfügung steht, wann immer wir wollen. Inge, Marlies und Vera sind wie ich alleinstehend und in Rente.«

Meine Kinder freuten sich aufrichtig mit mir, dass ich den Start in die Rente und damit in mein neues Leben so gut und mit so viel Leichtigkeit gemeistert hatte. Und Mini, mein kleines Wollknäuel, hatte einen sehr großen, nicht unerheblichen Teil dazu beigetragen.

»Danke!«, sagte ich noch einmal tief bewegt. »Kinder, Mini ist das schönste Weihnachtsgeschenk, das ihr mir je gemacht habt!«

Vorlesezeit: 14 Minuten

Gesegnete Weihnachten

Es war in einer Nacht in der Adventszeit, als in einer Kleinstadt im Südwesten von Niedersachsen in einem alten Einfamilienhaus ein Feuer ausbrach. Zum Glück hatte eine aufmerksame Nachbarin, die in dieser verhängnisvollen Nacht nicht gut schlafen konnte, das Feuer schnell bemerkt. Sofort hatte sie ganz aufgeregt die Feuerwehr gerufen und ihren Mann geweckt. Und im Nu waren dieser und einige Nachbarn zu dem brennenden Haus gelaufen, um die noch schlafende Familie mit ihren drei kleinen Kindern zu wecken und aus dem Haus zu retten. Die Feuerwehr traf nur wenige Minuten später nach dem Anruf von Frau Reisik vor Ort ein. Auch Polizei und Rettungswagen kamen mit lautem Tatütata angebraust. Zwar war die Familie gerade noch so unverletzt aus den Flammen geborgen worden, doch ihr Heim hatte die Feuerwehr nicht mehr retten können. Das alte Fachwerkhaus, in dem sehr viel Holz verbaut war, brannte lichterloh. Aber die Feuerwehrmänner sorgten dafür, dass der Brand nicht auch noch auf die Nachbarhäuser übergreifen konnte.

Es war eine furchtbare Nacht für die arme Familie Jentsch. Frau Jentsch erlitt einen leichten Schock und ihr Mann, der seine drei Kinder fest umklammert hielt, weinte. Die Familie hatte alles verloren – und das so kurz vor Weihnachten.

Ein Anwohner bot sofort wie selbstverständlich seine gerade frei gewordene, frisch renovierte Zweizimmerwohnung an, für die es noch keinen Nachmieter gab. Und Bürgermeister Harkenbart, der ebenfalls herbeigeeilt war, signalisierte, dass die Gemeindekasse vorerst für die Mietkosten aufkommen würde, bis das Schlimmste für die fünfköpfige Familie überstanden sei.

In den nächsten Stunden brach in dem

kleinen Ort eine Welle der Hilfsbereitschaft aus. Immer wieder brachte jemand Möbelstücke, einen Kühlschrank, Küchenschränke, einen Herd, Haushaltssachen, Kleidung für die Kinder, Spielsachen und vor allen Dingen Lebensmittel vorbei. Große Anteilnahme schlug der Familie entgegen.

Wenige Tage später wollte Martin Maas das Auto seiner Frau verkaufen. Gemeinsam hatten sie überlegt, den Erlös aus dem Verkauf der armen Familie Jentsch zur Verfügung zu stellen. Nachdem Herr Maas den Wagen dem neuen Halter überschrieben und das Geld entgegengenommen hatte, war er damit ganz zufrieden nach Hause gelaufen. Nun, da er und seine Frau im Ruhestand waren, benötigten sie keine zwei Autos mehr. Außerdem bezogen sie beide eine sehr gute Rente und hatten im Laufe der Jahre ein kleines Vermögen ansparen können. Das bescheidene Reihenhaus, in dem sie schon so lange lebten, war längst abbezahlt. So konnte das Ehepaar jetzt recht sorglos seinen Ruhestand genießen und musste dabei nicht ständig an sich selbst denken, was ihnen allerdings von Natur aus ohnehin fremd war. Ehepaar Maas half gerne, wenn Not am Mann war.

Die Eheleute brachten sich ehrenamtlich bei der »Tafel« ein, einer gemeinnützigen Hilfsorganisation. Außerdem unterstützten sie jeden Monat den Kinderschutzbund mit einem festgelegten Betrag.

Inzwischen hatte Familie Jentsch Nachricht über die Brandursache erhalten. Ein Kurzschluss in den alten Stromleitungen hatte den Brand verursacht, es war also keine Fahrlässigkeit vonseiten der Familie oder Brandstiftung gewesen. Diese Nachricht nahm die Familie erleichtert entgegen, denn es hieß, dass die Versicherung für den Schaden aufkommen würde. Zum Glück hatte Jürgen Jentsch vor Jahren vorsorglich eine zusätzliche Brandschutzversicherung abgeschlossen!

Rudi, mit seinen acht Jahren das älteste der drei Kinder, lief ziellos durch die Straßen. Er litt sehr unter dem Unglück und darunter, dass er all seine schönen Sachen verloren hatte.

Inzwischen war er am alten Friedhof angelangt. Dort wollte er sich auf die Bank setzen, sich etwas ausruhen und nachdenken. Doch gerade als er sich hinsetzen wollte, entdeckte er einen weißen Briefumschlag unter der

Bank auf dem Boden. Nanu! Rudi hob den Briefumschlag auf und schaute gespannt hinein. Er staunte nicht schlecht, denn es steckten ganz viele Geldscheine darin! Rudi hatte keine Ahnung, wie viel Geld es war. Aber ganz schnell steckte er den Umschlag ein und lief flink zu seinen Eltern in die neue Wohnung. »Bestimmt sind wir jetzt ganz reich!«, dachte er sich unterwegs.

Zu Hause traf er nur den Vater. Stolz legte Rudi ihm den Briefumschlag auf den Tisch.

»Sieh nur, Papa, was ich gefunden habe!«

Sein Vater öffnete vorsichtig den Umschlag, dann wurde er ganz blass und sehr still.

»Mit dem Geld können wir uns alles kaufen, was wir noch brauchen. Jetzt sind wir wieder reich, oder?«

»Dieses Geld gehört uns aber nicht! Das dürfen wir nicht einfach so behalten. Das wäre Unterschlagung und damit Diebstahl. Darauf liegt kein Segen!«

Rudi verstand nicht ganz, was das mit dem Segen bedeuten sollte. Sicher hatte es etwas mit der Kirche zu tun, zu der sie jeden Sonntag gingen. Das mit dem Diebstahl hatte er verstanden. Er wollte kein Dieb sein. Das würde dem lieben Gott sicher nicht gefallen.

»Hat dich jemand gesehen, als du das Geld gefunden hast, oder hast du schon jemandem davon erzählt?«

»Nein, Papa.«

»Wo genau hast du das Geld gefunden?«

»Unter der Bank vor dem alten Friedhof.«

»Gut! Du wirst keinem Menschen davon erzählen, auch nicht deiner Mutter oder deinen Schwestern. Niemandem! Verstanden?«

»In Ordnung, Papa.«

Jürgen Jentsch hatte nicht vor, das Geld zu behalten, dazu war er viel zu christlich erzogen worden und glaubte an Gott. Er wollte lediglich vermeiden, dass alle im Ort von dem Fund erfuhren, bevor er das Geld zur Polizei gebracht und diese ermittelt hatte, wem der Umschlag gehörte. Denn er kannte das: Am Ende gab es mehr als nur eine Person, der angeblich das Geld gehörte. Aber sein Sohn Rudi, das wusste er, war ein verantwortungsvoller Junge und hielt, was er versprach. Er würde nicht über seinen Fund reden.

Und so machte sich Herr Jentsch umgehend auf den Weg zum Polizeirevier. Dort gab er das Geld ab und erzählte, wo sein Sohn Rudi es gefunden hatte. Danach musste er ein Protokoll unterschreiben, von dem er eine Kopie ausgehändigt bekam.

Als Frau Maas am Abend von einem Besuch bei ihrer Schwester nach Hause kam, wollte sie natürlich gleich wissen, ob ihr Mann das Auto gut verkauft hatte. Herr Maas ging in den Flur, um aus seiner Manteltasche den Umschlag zu holen. Aber da war kein Umschlag. Wie konnte das nur angehen? Augenblicklich wurde ihm schlecht. Er kam mit leeren Händen zurück in das Wohnzimmer. Alle Farbe war aus seinem Gesicht gewichen und er musste sich erst einmal hinsetzen.

»Martin? Was ist? Ist dir schlecht? Soll ich einen Arzt rufen?«

»Ich kann das Geld nicht finden.«

»Wie – du kannst das Geld nicht finden? Sag bloß, du hast es verloren! Wie viel hast du überhaupt für meinen Wagen bekommen?«

»Zehntausend Euro.«

»So viel? Na gut, der Wagen war ja auch noch so gut wie neu.«

Nun suchte das Ehepaar fieberhaft das ganze Haus ab. Vielleicht hatte Martin den Briefumschlag nur gedankenverloren irgendwo abgelegt. Auch den Mantel krempelten sie auf links und durchsuchten alle Taschen noch einmal ganz gründlich, auch die Hosentaschen. Nichts. Der Umschlag war nicht im Haus. Also musste Martin ihn unterwegs verloren haben. Aber wo? Sie stiegen in seinen Wagen und fuhren den ganzen Weg, den er zu Fuß zurückgelegt hatte, noch einmal ab.

»Hier am alten Friedhof habe ich mich kurz ausgeruht.« Herr Maas zeigte auf eine Holzbank. Sie stiegen aus und suchten alles gründlich ab. Nichts.

»Das kann doch nicht wahr sein!«, jammerte Frau Maas kopfschüttelnd. »Wie kann man nur so viel Geld verlieren?«

»Wahrscheinlich habe ich den Umschlag aus Versehen nicht *in*, sondern *neben* meine Innentasche im Mantel gesteckt. Und dann ist er unten aus dem Mantel herausgefallen, ohne dass ich es bemerkt habe.«

»Ja, so wird es wohl gewesen sein. Und was machen wir jetzt?«

»Jetzt fahren wir zur Polizei!«

»Du glaubst doch nicht im Ernst, dass jemand, der so viel Geld findet, es bei der Polizei abgibt.«

»Es soll auch noch ehrliche Menschen geben. Also warum nicht? Schatz, hab doch ein wenig Gottvertrauen.«

So fuhren sie also zur Polizei. Dort trafen sie genau auf jenen Beamten, der nur drei Stunden zuvor den Fund von zehntausend Euro von Herrn Jürgen Jentsch entgegengenommen hatte.

Nun fragte er das Ehepaar sehr gewissenhaft, wo genau der Umschlag verloren gegangen sei.

»Auf dem Weg von dem Gebrauchtwagenhändler Hansen bis hin zu uns nach Hause, Steinstraße sieben. Unterwegs habe ich am alten Friedhof auf der Bank eine kleine Pause eingelegt.«

»Sicher haben sie über die besagte Summe einen schriftlichen Nachweiß, eine Quittung?«

»Hier!« Herr Maas legte dem Beamten den unterschriebenen Kaufvertrag vor, auf welchem die genaue Summe genannt war. Darauf stand auch, dass der Verkäufer des Wagens den Betrag in bar erhalten hatte. Und es war das aktuelle Tagesdatum vermerkt.

»Ja, liebes Ehepaar Maas, was soll ich sagen?«

»Das haben wir uns natürlich schon gedacht«, meinte Frau Maas entmutigt, »Das Geld können wir abschreiben, das sehen wir nie wieder!«

»Das würde ich so nicht sagen!« Und nun lächelte der Beamte das aufgeregte Ehepaar ganz freundlich an. »Nein, ganz im Gegenteil. Ihr Geld wurde bereits gefunden und vor etwa drei Stunden hier bei uns abgegeben.«

»Nein! Ist das wahr?« Das Ehepaar geriet vor lauter Freude und Erleichterung ganz aus dem Häuschen.

»Wie heißt denn der ehrliche Finder? Darf man das erfahren?«

»Unbedingt! Rudi, der Sohn von Familie Jentsch, hat das Geld unter der besagten Bank am Friedhof gefunden.«

»Das gibt es doch gar nicht. Ausgerechnet der Rudi Jentsch!«

»Kennen Sie die Familie?«

»Ja! Es sind Nachbarn von uns, denen ist doch erst vor einigen Tagen das Haus abgebrannt.«

»Ich erinnere mich. Daher kam mir der Name Jentsch so bekannt vor.« Der Beamte wunderte sich einmal mehr. »Dabei hätten die das Geld so gut gebrauchen können und geben es trotzdem ab. Alle Achtung!«

»Ja …«, lachte Frau Maas, »… aber die Geschichte ist ja noch viel kurioser: Mein Mann und ich hatten schon vor dem Autoverkauf beschlossen, den Erlös der Familie zu spenden, damit sie schnell wieder auf die Füße kommen.«

»Wirklich?« Der junge Beamte war platt. »Was für eine ungewöhnliche Geschichte. Na, die werden sich jetzt doppelt freuen!«

Einen Tag später, am Morgen des vierundzwanzigsten Dezember, wollte sich das Ehepaar Maas auf den Weg zu seinen Kindern nach Hessen aufmachen, um mit ihnen die Weihnachtsfeiertage zu verbringen. Doch zuvor statteten sie Familie Jentsch noch schnell einen Besuch ab. Die Familie war vollkommen überrascht, als Herr und Frau Maas mit einem Briefumschlag bei ihnen vor der Tür standen und diesen voller Freude Herrn Jentsch überreichten.

»In diesem Umschlag, liebe Familie Jentsch, ist der Erlös aus einem Autoverkauf. Schon vor dem Verkauf hatten meine Frau und ich beschlossen, dass wir Ihnen diesen Betrag spenden wollen. Wir möchten damit das Unglück, das sie so kurz vor Weihnachten ereilt hat, etwas lindern!«

»Das können wir nicht annehmen!« Herr Jentsch und seine Frau waren mehr als nur verlegen.

»Doch, das können sie.« Beide, das Ehepaar und auch die Familie Jentsch, waren nicht einfach nur Nachbarn. Sie kannten sich auch von den regelmäßigen Gottesdienstbesuchen in ihrer Gemeinde. Darum sagte Herr Maas nun: »Gott hat es uns in den Sinn gegeben, Ihnen damit ein wenig zu helfen. Sie können das Geldgeschenk getrost als eine Weihnachtsgabe von uns annehmen. Wir wollen nur von dem, was Gott uns anvertraut hat, etwas an Sie weitergeben. Das tun wir sehr, sehr gerne und aus vollen Herzen!«

»Danke!«, sagten Herr und Frau Jentsch gleichzeitig und umarmten das Ehepaar gerührt und voller Freude.

Herr und Frau Maas verabschiedeten sich schnell und winkten noch im Gehen: »Wir fahren jetzt zu unseren Kindern. Also: Gesegnete Weihnachten!«

»Das wünschen wir Ihnen auch. Gesegnete Weihnachten!«

Vorlesezeit: 10 Minuten

Maria und Josef, die Krippe ist leer!

Nachdem Familie Engler am Heiligen Abend vom Gottesdienst nach Hause gekommen war, gab es vor der Bescherung ganz traditionell wie in jedem Jahr Kartoffelsalat mit Würstchen. Elisabeth, die Frau des Hauses, hatte alles liebevoll hergerichtet.

Danach erst ging die Familie zur Bescherung in das weihnachtlich geschmückte Wohnzimmer hinüber. Die kleine fünfjährige Rosina nahm in diesem Jahr schon alles um sich herum viel bewusster wahr als noch im Jahr zuvor. Sie hatte sich zu Weihnachten eine Puppenstube gewünscht.

Ihr Vater Tobias Engler war Schreinermeister und hatte seine eigene Tischlerei gleich neben dem Wohnhaus. Für ihn war es eine Kleinigkeit gewesen, seiner süßen kleinen Tochter, die er über alles liebte, ein Puppenhaus zu bauen. Rosina sollte ein richtig schönes und großes Puppenhaus bekommen. Dabei hatte er sogar seine Angestellten mit einbezogen, sofern sie nicht gerade einen wichtigen Auftrag zu erledigen hatten.

Als Rosina sich nun voller Spannung dem schön geschmückten Weihnachtsbaum näherte und das große, unter einem Tuch verborgene Geschenk entdeckte, das fast größer war als sie selbst, wurde sie ganz aufgeregt. Sehr vorsichtig zog sie das bunte Tuch herunter. Beim Anblick des Puppenhauses klatschte sie voller Begeisterung in ihre kleinen Händchen und jauchzte laut vor Vergnügen. Sie konnte ihre Augen gar nicht mehr von dem Haus abwenden, so beeindruckt war sie. Voller Freude fiel sie ihrer Mutter und dem Vater um den Hals, drückte sie ganz fest und bedankte sich überglücklich für das schöne Geschenk. Sie hopste voller Übermut um das hübsche Häuschen herum und konnte ihr Glück kaum fassen.

Die gewünschte Puppenstube war für Rosinas Verhältnisse ein riesengroßes Haus. Es hatte zwei Etagen und einen ausgebauten Dachboden. Von vorne wirkte es wie ein Herrenhaus mit einem großzügigen Balkon. Die große doppelflügelige Eingangstür und alle weiteren Türen und Fenster ließen sich problemlos öffnen und schließen. Die Rückseite des Hauses bestand aus Schiebetüren. Wollte Rosina mit den Puppen in ihrem Haus spielen, musste sie diese Wände nur zur Seite schieben. Mutter, Vater und Kind saßen bereits im Wohnzimmer auf dem Sofa und dem Sessel. Alle Zimmer waren richtig tapeziert und hatten sogar elektrisches Licht. In jedem Raum war der entsprechende Lichtschalter neben einer Tür angebracht. Es gab eine Treppe, die vom Erdgeschoss in den ersten Stock führte und eine weitere Treppe, die hinauf auf den Dachboden reichte. In allen Zimmern standen kleine handgemachte Möbel. Das Sofa und die anderen Sitzmöbel waren mit echtem Polsterstoff überzogen. Das Bad und auch die Küche mit der gemütlichen Sitzecke waren naturgetreu nachgebildet. Es gab sogar ein Kinder- und ein Gästezimmer. Alles war so hübsch und mit ganz viel Liebe gestaltet worden.

Selbst Rosinas Mutter war entzückt gewesen, als sie das große Haus zum ersten Mal gesehen hatte.

»Tobias – was für ein schönes Haus! Das ist ein Meisterstück der ganz besonderen Art. Da wird sich unsere kleine Rosina aber freuen.«

Zwei seiner Angestellten hatten es von der Werkstatt hinüber ins Haus getragen und im Wohnzimmer neben dem großen Tannenbaum behutsam abgestellt. Zum Glück war das Kinderzimmer von Rosina groß genug für solch ein Puppenhaus, sodass dem Kind noch genug Platz zum Spielen und Schlafen blieb. Gleich am Heiligen Abend noch hatte Rosina darauf bestanden, dass die Eltern ihr die Puppenstube nach oben in ihr Kinderzimmer stellten. Eigentlich hätte das Haus noch bis zum zweiten Weihnachtsfeiertag im Wohnzimmer stehen bleiben sollen. Aber Rosina wollte nicht ohne ihr neues Puppenhaus schlafen gehen. Also wuchteten die Eltern es hinauf in die erste Etage. Rosina war glücklich und zufrieden und schlief danach erstaunlicherweise sofort ein.

Am Morgen des ersten Weihnachtsfeiertages besuchte die Familie nach dem Frühstück den Gottesdienst. Die Kinder hatten zu Weihnachten nicht wie sonst üblich ihren eigenen Kindergottesdienst, sondern blieben bei den Großen. Auch heute verstand es der noch recht junge Pastor, die Kinder in seine Predigt mit einzubeziehen. Anhand der großen Krippenfiguren in der Kirche erzählte er die Weihnachtsgeschichte nach. Dabei ging er besonders auf die Geschenke ein, welche die drei Weisen aus dem Morgenland dem Jesuskind mitgebracht hatten, und erklärte ihre Bedeutung. Dabei ließ er auch durchblicken, dass sich Maria und Josef, aber ganz besonders das Jesuskind in der Krippe in großer Gefahr befunden hatten. Denn der böse König Herodes, der durch die Weisen von der Geburt Jesu unterrichtet worden war, hatte Angst bekommen, dass Jesus eines Tages König werden könnte. Das aber wollte Herodes unbedingt mit aller Macht verhindern. Die Kinder, besonders aber Rosina, hatten sehr aufmerksam zugehört. Rosina verstand zwar nicht, warum Jesus und seine Eltern in einem Stall untergebracht waren und warum Jesus sogar in einer Krippe auf Stroh schlafen musste. Aber so viel hatte sie verstanden: Die Heilige Familie war in Gefahr und der böse König Herodes suchte überall nach ihnen. Dabei war der arme Jesus doch noch ein Baby!

Nach dem feierlichen Gottesdienst kamen Oma und Opa zu Besuch. Auch sie brachten Geschenke mit. Zum Mittagessen gab es wie jedes Jahr eine gefüllte Gans, Rotkohl, selbst gemachte Semmelknödel und zum Nachtisch Eis. Natürlich mussten die Großeltern auch das tolle Puppenhaus bestaunen. Als der erste Weihnachtstag sich langsam, aber sicher dem Ende zuneigte, fielen der kleinen Rosina beim Abendbrot schon fast die Augen zu. Und so brachte Frau Engler ihre Tochter bald danach zu Bett. Sie war sich sicher, dass Rosina schnell einschlafen würde, denn das Kind hatte in den vergangenen zwei Tagen viel Schönes und Aufregendes erlebt. So viel Aufmerksamkeit, so viele Geschenke hatte ihre kleine Rosina bekommen – da musste sie schon vor lauter Glück müde sein!

Aber als die Mutter etwas später noch einmal am Kinderzimmer vorbeikam, hörte sie ihre Tochter reden. Vorsichtig öffnete sie einen Spaltbreit die Tür.

»Nanu! Rosina, mit wem sprichst du denn da? Ich dachte, du schläfst schon längst.«

»Ja, gleich, Mama! Ich unterhalte mich nur noch ein wenig mit Maria und Josef und dem Jesuskind.«

»Ach so! Aber die müssen jetzt auch schlafen. Also gute Nacht, mein Schatz. Schlaf gut. Ich hab dich lieb.«

»Ich dich auch! Gute Nacht.« Und dann war wirklich Ruhe im Kinderzimmer und Frau Engler konnte beruhigt nach unten gehen.

Am zweiten Weihnachtsfeiertag – Familie Engler war diesmal zu Hause geblieben – gab es auch einen Weihnachtsgottesdienst. Dem Küster, der schon zeitig in die Kirche gekommen war, um alles vorzubereiten, war an diesem Morgen nichts Ungewöhnliches aufgefallen. Genauso wenig wie am Tag zuvor, als nach dem Gottesdienst alle Besucher die Kirche verlassen hatten.

Aber als nun der Pastor die Kirche betrat und in die Sakristei eilen wollte, um sich umzuziehen, blieb er abrupt vor der aufgebauten Krippenlandschaft stehen. Er konnte es nicht fassen, was er da sah, beziehungsweise *nicht* sah.

»Harald!«, rief er ganz laut und aufgebacht nach dem Küster. Dieser kam sofort herbeigeeilt. »Guten Morgen!«

»Ja, guten Morgen!«

»Was ist denn, Georg?«

»Fällt dir nichts auf?« Pastor Georg Sturm zeigte auf den Stall.

»Nein. Halt – das kann doch nicht sein! Wer macht denn so etwas?«

»So was habe ich auch noch nie erlebt.«

»Ich habe keine Erklärung.« Der arme Küster war außer sich. »Was machen wir jetzt?« Ratlos sah er seinen jungen Pastor an.

»Jetzt feiern wir erst einmal unseren Gottesdienst. Und dann schauen wir mal, ob jemand aus der Gemeinde etwas dazu sagen kann. Die Leute werden Fragen stellen, wenn sie bemerken, was geschehen ist, also werde ich gleich zu Anfang eine Erklärung abgeben.«

Nachdem die Gemeinde das erste Lied gesungen hatte, trat Pastor Sturm nach vorne, vor den Altar.

»Liebe Gemeinde, bitte keine Aufregung! Ja, Sie sehen richtig – im Stall fehlen drei Krippenfiguren: Maria, Josef und das Jesuskind. Ich habe keine Ahnung, wo diese Figuren sind oder wer sie von dort weggenommen hat. Die Figuren an sich sind nicht sehr wertvoll, aber ihr individueller Wert ist für uns als

Gemeinde sehr hoch. Seit über fünfzig Jahren haben wir diese Figuren nun schon. Jedes Jahr zu Weihnachten geben der Küster und viele fleißige Hände sich große Mühe, wieder eine schöne und ansprechende Krippenlandschaft zu gestalten, deren Mittelpunkt der Stall mit der Heiligen Familie ist. Wir sind ratlos. Aber ich bin mir ganz sicher, dass die Sache sich bald aufklären wird.«

Pastor Sturm machte eine kleine Pause und augenblicklich wurde ihm klar, dass er seine mit sehr viel Sorgfalt vorbereitete Predigt heute so nicht halten konnte.

»Liebe Gemeinde! Unsere Krippenlandschaft ist durcheinandergeraten, denn es fehlen Maria und Josef und das Jesuskind. Stall und Krippe sind leer. Das, liebe Gemeinde, wird nun auch unseren Gottesdienstablauf an diesem zweiten Weihnachtsfeiertag etwas durcheinanderbringen. Eigentlich habe ich eine Predigt zum heute vorgesehenen Predigttext vorbereitet. Aber nun ist mir der leere Stall und die leere Krippe zum Gleichnis geworden:

Den Stall möchte ich mit unserem Leben und die Krippe mit unserem Herz vergleichen. Wir sind heute Morgen zu Recht betroffen, weil jemand wohl die Heilige Familie aus dem Stall entwendet hat. Aber wenn unser Leben und unser Herz leer sind, finden wir das oft nicht besonders besorgniserregend. Dabei sollte doch Gott mit seinem heiligen Geist in unseren Leben zu Hause sein und Jesus in unseren Herzen wohnen. Aber stattdessen machen sich oft Lüge, Neid, Eifersucht und Betrug in unseren Herzen breit. *Nicht* Gott mit seinem Heiligen Geist bestimmt unser Leben. *Nicht* Jesus wohnt in unseren Herzen und lässt uns in Liebe und Frieden mit anderen Menschen leben. Aber regt uns das auf? Sind wir darüber empört? Nein! Warum nicht? Weil wir es nicht anders kennen oder weil viele andere Menschen auch so leben?

Seit Weihnachten versucht Gott, Herr in unserem Leben werden zu dürfen. Seit Weihnachten will Jesus nichts lieber, als in unserem Herzen zu wohnen. Aber unser Herz ist schon voll. Sie erinnern sich? In der Weihnachtsgeschichte heißt es, dass Maria und Josef keinen Raum für die Geburt ihres Kindes fanden. Niemand konnte oder wollte die Heilige Familie beherbergen. Die Herbergen waren voll. Das ist für mich ein Sinnbild für unser Herz: Wenn es schon besetzt ist von Unfrieden, Habgier, Rechthaberei, Verleumdungen und anderen Dingen mehr, wie soll Jesus darin wohnen können? Am besten, wir bestellen noch heute einen »Entrümplungsdienst«, der Platz schafft. Denn wer neue Möbel für sein Haus gekauft hat, muss die alten Möbel entsorgen. Wer Jesus in seinem Herzen wohnen lassen möchte, sollte Gottes Geist erlauben, im eigenen Leben aufzuräumen und auszuräumen, was Jesus den Platz wegnimmt.

Und wenn dann wieder – oder zum ersten Mal – Gott mit seinem Heiligen Geist unser Leben bestimmt und Jesus in unserem Herzen Einzug hält, dann ist jeden Tag Weihnachten! Amen.«

»Aber was für ein Dieb nimmt nur die Maria, den Josef und das Christuskind mit?«, fragte die Chorleiterin später und auch der Organist wusste darauf keine Antwort.

»Ja, wenn es ein Diebstahl war, hätte der Dieb doch eigentlich alle Figuren samt dem Stall mitgenommen.« Der Küster schüttelte nur den Kopf. »Mir ist das auch ein Rätsel.«

Der zweite Weihnachtsfeiertag verging und nichts tat sich.

Am nächsten Morgen stand die Sache mit dem leeren Stall sogar in der regionalen Tageszeitung. Es war ein ungewöhnlicher und sehr rätselhafter Diebstahl. Doch niemand meldete sich, um den Fall aufzuklären.

Am Montagabend saß das Ehepaar Engler nach dem Abendbrot im Wohnzimmer. Rosina war schon zu Bett gebracht worden. Nun endlich kam Tobias Engler dazu, die Tageszeitung zu lesen, wobei ihn am meisten die Politik- und die Sportseiten interessierten. Aber dann blieb sein Blick an einer kleinen Randnotiz gleich vorne auf der Titelseite hängen. »Mehr dazu auf der Lokalseite sieben«, las er.

»Hast du das gelesen, Schatz?«

»Nein, ich bin noch nicht dazu gekommen, heute in die Zeitung zu schauen. Was gibt es denn?« Nun las Herr Engler seiner Frau vor. »Also, schon allein die Überschrift ist bemerkenswert: *Maria und Josef, die Krippe ist leer!* Nach dem Weihnachtsgottesdienst am ersten Weihnachtsfeiertag sind in der Johanneskirche drei Krippenfiguren aus der aufgebauten Krippenlandschaft spurlos verschwunden. Es handelt sich dabei um Maria, Josef und das Jesuskind. Bisher fehlt von ihnen jede Spur.

Die Kirchenleitung und der Pastor stehen vor einem Rätsel. So etwas habe es noch nie gegeben. Sachdienliche Hinweise nehmen Küster Harald Mertens und Pastor Georg Sturm unter den unten angegebenen Telefonnummern entgegen.«

»Das ist ja ein Ding!« Herr Engler konnte es nicht fassen. »Wer macht so etwas?«

Frau Engler indes beschlich eine seltsame Ahnung.

»Ich glaube, ich weiß, wo die verschwundenen Krippenfiguren sind.«

»Wie? Du weißt, wer sie gestohlen hat?«

»Ob *gestohlen* da die richtige Wortwahl ist, müssen wir noch herausfinden.« Nun war ihr Mann aber sehr gespannt.

»Vorgestern, als ich dachte, Rosina schläft schon, habe ich sie im Zimmer noch reden gehört und nachgefragt, mit wem sie da noch spricht. Da hat die kleine Maus doch tatsächlich gesagt, sie würde sich noch ein wenig mit Maria und Josef und dem Jesuskind unterhalten. Ich dachte, die Krippenlandschaft, die Figuren und die Predigt von Pastor Sturm hätten sie so stark beeindruckt und ihre Fantasie angeregt. Aber jetzt bin ich mir da nicht mehr so sicher …«

»Aber wie in aller Welt soll unsere kleine Rosina die drei Figuren unbemerkt weggenommen und mit nach Hause gebracht haben? Das hätten wir doch sehen müssen.«

»Wir waren doch die letzten Gottesdienstbesucher, weil du dich noch mit dem Küster wegen der Renovierung beraten hast.«

»Ja, gut, sie hatte also die Gelegenheit. Aber wie hätte sie die Figuren abtransportieren sollen?«

»Na, Rosina hatte doch ihren schönen neuen Rucksack dabei.«

»Du meinst wirklich, unsere süße kleine Tochter hat die Figuren tatsächlich mit nach Hause genommen! Aber warum nur?«

»Also, *ob* sie das überhaupt getan hat, können wir sofort überprüfen.«

Und so schlichen sich die Eltern der kleinen Rosina ganz leise nach oben in die erste Etage, in das Kinderzimmer. Rosina bekam von all dem nichts mit. Das Kind schlief tief und fest. Zuerst schaute die Mutter ganz instinktiv im Puppenhaus nach, denn die Zimmer waren so groß und hoch, das die Figuren dort sogar aufrecht stehen konnten. Vorsichtig schob sie die beiden Rückwände des Hauses zur Seite. Und tatsächlich – im

Schlafzimmer standen Maria und Josef und das Jesuskind lag gut zugedeckt in dem schönen großen Bett, während die eigentlichen Hausbewohner immer noch im Wohnzimmer saßen.

Sorgfältig schloss die Mutter die Rückwand des Puppenhauses und dann schlichen die Eltern wieder nach unten.

»Ja, das ist ja unglaublich!« Eigentlich hätte der Vater am liebsten sofort seine Tochter geweckt und zur Rede gestellt. Aber seine Frau konnte ihn davon abhalten.

»Lass das Kind schlafen. Das hat Zeit bis morgen. Die Figuren sind in Sicherheit und das ist das Wichtigste.«

»Aber den Georg, den werde ich sofort anrufen, damit er wenigstens schon mal Bescheid weiß.«

Der Pastor war sehr froh und erleichtert, dass die Krippenfiguren so schnell wieder aufgetaucht waren, wusste sich aber keinen Reim darauf zu machen, warum Rosina die Figuren einfach still und heimlich mit zu sich nach Hause genommen hatte.

»Wenn die kleine Dame morgen früh aufwacht, kann sie was erleben.«

»Nein, Tobias! Bitte schimpf nicht mit der

Kleinen. Pass auf, ich komme morgen zum Frühstück zu euch und dann frage ich sie, warum sie das getan hat. Ich bin mir sicher, Rosina hat eine gute Erklärung für ihr Handeln.«

»Also gut, vielleicht hast du recht. Bis Morgen und gute Nacht!«

»Ja, euch auch eine gute Nacht.«

Am nächsten Morgen wunderte sich die kleine Rosina sehr, dass auch der Pastor mit am Frühstückstisch saß.

»Guten Morgen, Pastor Sturm!«, sagte das Kind und reichte dem Pastor die Hand. Sie zeigte dabei keinerlei Anzeichen eines schlechten Gewissens.

»Guten Morgen! Rosina, ich habe ein Problem und ich bin mir ganz sicher, dass du mir helfen kannst.«

»Ich?«

»Ja! Weißt du, Maria und Josef und auch das kleine Jesuskind sind nicht mehr im Stall in unserer Kirche. Hast du vielleicht eine Ahnung, wo sie sein könnten?«

»Natürlich!«, piepste die Kleine mit großer Ernsthaftigkeit und schaute den Pastor dabei ehrlich an.

»Die können doch nicht in einem Stall in der kalten Kirche bleiben! Ich habe ein ganz großes Puppenhaus zu Weihnachten bekommen und da wohnen sie jetzt.«

»Ich verstehe!«

»Ja, und außerdem musste ich sie doch vor dem bösen König Herodes verstecken! Der sucht die Familie doch überall.«

»Ach, so ist das …«

Ehepaar Engler konnte sich vor Lachen kaum noch beherrschen. Und sie waren von Herzen froh und erleichtert, dass ihr Kind die Figuren nicht mitgenommen hatte, weil sie diese unbedingt für sich allein haben wollte. Nein, ihre Tochter war um die Sicherheit der Heiligen Familie besorgt gewesen und hatte mutig die Initiative ergriffen, um sie zu beschützen! Da konnten weder Mutter noch Vater ihrem Kind böse sein.

»Aber weißt du denn nicht, das unser Küster, der Harald, auf Maria und Josef und auch auf das Jesuskind aufpasst? Der Harald war ganz schön erschrocken, als sie weg waren und er sie nirgends finden konnte. Er hat sich große Sorgen gemacht.«

»Das tut mir leid. Das wusste ich nicht. Ist der Harald jetzt böse auf mich?«

»Nein! Aber was denkst du, Rosina, wollen wir dem Harald die Figuren zurückbringen?«

»Na gut. Wenn du meinst! In Ordnung!«

Und so brachten der Pastor und die kleine Rosina nach dem gemeinsamen Frühstück die drei Krippenfiguren wieder zurück in die Johanneskirche.

Diese rührende Geschichte machte allerdings nicht die Runde in der Gemeinde. Rosinas Eltern, Pastor Sturm und auch der Küster hatten beschlossen, diese Geschichte für sich zu behalten, damit das Kind nicht darauf angesprochen oder vielleicht von einigen belächelt wurde.

Rosina hatte in ihrer kindlichen Vorstellung Gegenwart und Vergangenheit, Wirklichkeit und Fantasie miteinander vermischt. Sie hatte ganz selbstlos gehandelt und der Heiligen Familie ein schönes, sicheres Zuhause geben wollen.

Genauso heimlich, still und leise, wie sie verschwunden waren, tauchten also Maria, Josef und das Jesuskind wieder in der Krippenlandschaft auf. Und bis auf fünf Menschen in der Gemeinde hat niemand je herausgefunden, wo die Heilige Familie zwei Tage lang abgeblieben war.

Vorlesezeit: 16 Minuten

Wiedersehen unter dem Tannenbaum

Frieda Altmann verstand die Welt nicht mehr. Wo war sie nur und wie war sie überhaupt hierhergekommen?

Ganz langsam kehrte ihre Erinnerung zurück: Sie war Ende Oktober schwer krank geworden.

»Grippe!«, meinte ihre Tochter Ulrike zuerst. »Das wird schon wieder, Mama!«

Aber es wurde immer schlimmer. So schlimm, dass sie in das Krankenhaus musste. Verdacht auf Lungenentzündung, hatte der Hausarzt gesagt und sie eingewiesen. Aber diese Diagnose bestätigte sich zum Glück nicht. Und darum sollte Frau Altmann, sobald es ihr etwas besser ging und das hohe Fieber vorüber war, auch wieder ganz schnell entlassen werden. Aber am Abend vor ihrer Entlassung verlor sie plötzlich den Halt, als sie aus dem Bett steigen wollte. Beim Sturz zog sie sich leider einen Oberschenkelhalsbruch zu, der operiert werden musste.

Tochter Ulrike und Sohn Heinz hatten daraufhin miteinander beraten, ob ihre Mutter nach solch einer Operation überhaupt wieder zurück in ihr Haus könne. Denn nach dem Krankenhausaufenthalt würde sie ja noch lange nicht so weit wiederhergestellt sein, dass sie allein leben und ihren Haushalt führen konnte. Doch Ulrike tat sich schwer mit dem Gedanken, dass für ihre Mutter nun der Umzug in ein Seniorenheim anstehen könnte.

Heinz allerdings, der Vernünftigere der beiden Geschwister, wusste sich stets durchzusetzen, so auch in diesem Fall. Er betrachtete die Situation ganz nüchtern und sachlich: Er und seine Schwester standen beide voll im Berufsleben. Sie hatten also gar nicht die Zeit, sich so um ihre Mutter zu kümmern, wie es nötig sein würde.

Er versuchte, seine Schwester Ulrike zu

überzeugen: »Gleich nach dem Krankenhausaufenthalt muss Mutter sowieso in eine Kurzzeitpflegeeinrichtung. Die Leute werden heutzutage sehr schnell aus dem Krankenhaus entlassen, obwohl sie noch pflegebedürftig und auf Hilfe angewiesen sind. Vielleicht haben wir Glück und finden ein gutes Seniorenheim. Wenn Mutter erst einmal dort zur Kurzzeitpflege ist und dann in dieser Zeit vielleicht ein Zimmer frei wird, kann sie eventuell gleich dableiben. Sie bekommt eine sehr gute Rente und wir könnten das Haus verkaufen. So würden die monatlichen Heimkosten noch für etliche Jahre abgedeckt werden.«

Einerseits hatte ihr Bruder natürlich recht, aber Ulrike brach es fast das Herz. Sie fühlte sich nicht wohl dabei und kam sich ihrer Mutter gegenüber wie eine Verräterin vor. Aber jetzt kam es nur darauf an, für ihre Mutter ein gutes Seniorenheim zu suchen, in dem sie liebevolle Aufnahme und Betreuung fand. Ihrer Mutter sollte es gut gehen, damit sie ihren Ruhestand noch lange genießen konnte.

Einige Zeit später klagte Ulrike ihrer Freundin Bea ihr Leid: »Ich habe doch gedacht, dass ich mich um meine Mutter kümmern und sie zu Hause pflegen kann, sobald ich in Rente bin!«

Bea schüttelte energisch den Kopf.

»Du weißt gar nicht, was da alles auf dich zukommt. Meine große Schwester hat unsere Mutter lange gepflegt und war schließlich fast selbst ein Pflegefall. Dein Bruder hat vollkommen recht.«

Ulrike schien nicht überzeugt. »Morgen besuche ich unsere Mutter wieder in der Seniorenresidenz »Feierabend«. Heinz sagt, dass es ihr besser geht. Sie ist wieder klar bei Verstand. Durch die Operation und die Narkose war sie einige Tage lang etwas verwirrt gewesen. Aber das scheint sich nun alles wieder gelegt zu haben. Sicher wird sie mir böse sein, dass wir sie dorthin haben bringen lassen. Heinz hat lange mit Frau Haller, der Heimleitung vor Ort, sprechen und sogar schon einen Pflegevertrag unterzeichnen können. Mutter kann tatsächlich dortbleiben und konnte bereits ein sehr schönes Zimmer beziehen. Na, ich bin gespannt. Morgen fahre ich sie besuchen.«

»Ach, mach dir nicht so viele Gedanken, das wird schon«, ermutigte ihre Freundin sie.

»Du kennst meine Mutter nicht!«

»Soll ich dich begleiten, Ulrike?«

»Nein danke, Bea! Aber das ist ganz lieb von dir.«

»Hab nur Mut! Vielleicht ist deine Mutter sogar froh darüber, denn dort im Haus ist ja rund um die Uhr jemand für sie da. Außerdem kann sie dort mit anderen älteren Herrschaften zusammen die Mahlzeiten einnehmen, sich unterhalten und mit ihnen spazieren gehen.«

»Hoffentlich hast du recht!«

Ihre Freundin Bea sollte tatsächlich recht behalten. Frieda Altmann wirkte ganz ausgeglichen und erstaunlich munter, als Bea zu ihr in das Zimmer trat.

»Hallo, Mama!« Bea hatte ihrer Mutter einen schönen Blumenstrauß und eine Tüte mit frischem Obst mitgebracht. Sie beugte sich zu ihrer Mutter hinunter, die im Sessel saß, und gab ihr einen leichten Kuss auf die Wange.

»Guten Tag! Heinz war gerade hier. Du hast ihn nur ganz knapp verpasst.«

»Ah!«, sagte Ulrike nur. Daher war ihre Mutter so aufgeschlossen. Heinz war schon immer Mutters Liebling gewesen. Was er auch sagte, sie nahm es widerstandslos hin. Heinz gegenüber nahm ihre Mutter sich zurück. *Ihm* machte sie keine Vorwürfe. Die hatte immer nur sie, Ulrike, abbekommen. Oft hatte sie dann das Gefühl gehabt, ein Kind zweiter Wahl zu sein. Wenn sie ihrer Mutter nicht so ähnlich sehen würde, hätte glatt der Verdacht aufkommen können, sie sei nach der Geburt vertauscht worden.

Ulrike liebte ihre Mutter heiß und innig und wünschte sich so sehr, dass ihre Zuneigung auch auf Gegenliebe stoßen würde.

»Schön, dass du dich hier auch mal sehen lässt!«, durchbrach die Stimme ihrer Mutter Ulrikes Gedanken.

Da waren sie wieder – diese kleinen, feinen Nadelstiche. Aber Ulrike hatte beschlossen, nicht mehr darauf zu achten und nicht darauf zu reagieren. Ulrike sah sich um. Das neue Zimmer der Mutter war viel schöner als ihr vorheriges. Einen Großteil ihrer eigenen Möbel hatten hier einen neuen Platz gefunden. Es sah fast so aus, als habe sie schon immer in diesem Zimmer gewohnt. Ihre Mutter hatte einen herrlich freien Blick hinaus in die weitläufige, sehr gepflegte Gartenanlage. Mutters Gehversuche machten gute Fortschritte und bald konnte sie sicher auch wieder nach draußen, um den Park zu erkunden und sich zwischendurch auf einer der vielen Bänke auszuruhen.

Ulrike blieb heute nicht so lange. Sie war froh, dass es ihrer Mutter gut ging, und verabschiedete sich bald von ihr.

Frau Altmann aber begann tatsächlich Gefallen daran zu finden, nun in der Seniorenresidenz zu wohnen. Hier war immer Betrieb. Zu Hause hatte sie oft stundenlang allein zugebracht. Immer hatte sie erst anrufen müssen, damit eines ihrer Kinder kam, um mit ihr zum Einkaufen oder zu anderen Erledigungen zu fahren. Doch hier, das hatte sie mittlerweile erfreut festgestellt, hatte sie immer einen Ansprechpartner, wenn sie Hilfe brauchte. Ihr Zimmer wurde jede Woche gereinigt und ihre Wäsche wurde regelmäßig abgeholt und gewaschen bzw. zur Reinigung gebracht. Für alles war gesorgt. Im Haus gab es sogar einen Friseur und einen großen Kiosk, der fast keine Wünsche offenließ. Im großen gemütlichen Aufenthaltsraum gab es eine gut sortierte Bücherwand, an der man sich jederzeit bedienen konnte.

Natürlich wäre sie nie freiwillig in ein Seniorenheim gegangen, aber durch ihren Unfall war den Kindern fast keine andere Wahl geblieben. Ihr Sohn Heinz hatte ihr alles geduldig und behutsam erklärt. So sei es das Beste für sie. Und tief im Herzen wusste sie längst, wie recht ihr Sohn hatte. Mit ihren über achtzig Jahren war ihr vieles im Haus schon lange zu viel und zu schwer geworden. Aber das hätte sie ihren Kindern gegenüber niemals zugegeben. Ja, natürlich – das schöne alte Haus! Es fiel ihr schwer und der Verlust tat weh, wenn sie nur daran dachte, dass es nun verkauft werden würde. Aber eines Tages musste schließlich jeder Mensch sein Hab und Gut zurücklassen. »Das letzte Hemd hat keine Taschen« hieß nicht umsonst ein altes Sprichwort. Aber noch war es nicht so weit. Noch lebte sie. Und Frau Altmann lebte gerne!

Einige Tage später traf sie im Garten auf Frau Sommer. Diese Frau war so positiv, ansteckend fröhlich und hielt immer ein Lächeln für ihre Mitmenschen bereit. Frau Altmann unterhielt sich gerne mit ihr. Auch bei Tisch im großen Speiseraum saßen sie einander gegenüber. Von Frau Sommer wurde sie immer auf den aktuellen Stand gebracht, was es an Neuigkeiten in der Seniorenresidenz gab. Überdies half sie ihr, sich hier im Haus zurechtzufinden, und hatte sie mit dem Tages- und Wochenablauf vertraut gemacht.

Nur wenige Tage später verstarb Herr Knoll. Er hatte vier Zimmer weiter neben Frau Altmann gewohnt. Er war ein angenehmer und vornehmer alter Herr gewesen, der in seinem Zimmer oft heimlich Pfeife geraucht hatte. Im Speisesaal hatte er mit ihr an einem Tisch gegessen wie auch Frau Sommer, Herr Zabel, Herr Schneider und Frau Busch.

Einige Zeit danach sollte eine neue Bewohnerin in das ehemalige Zimmer von Herrn Knoll einziehen.

Frau Altmann aber war genau an dem Tag von ihrem Sohn abgeholt worden und kehrte erst am späten Nachmittag wieder in die Seniorenresidenz zurück. Zeitig genug, um im Speiseraum noch das Abendessen einzunehmen. Sie war sehr gespannt: Würde die neue Mitbewohnerin auch bei Tisch den Platz von Herrn Knoll einnehmen?

Und dann – die meisten saßen schon an ihren Plätzen – wurde »die Neue« tatsächlich von einer Mitarbeiterin zum Tisch von Frau Altmann begleitet.

»Darf ich vorstellen, das ist Frau Inge Holzmantel«, verkündete die Mitarbeiterin der versammelten Tischrunde.

»Guten Abend!«, sagte Frau Holzmantel schüchtern und nahm Platz. Auch die anderen am Tisch begrüßten sie und stellten sich kurz vor. Der Name *Frieda Altmann* machte Frau Holzmantel hellhörig.

»Frieda? Frieda Altmann?«

»Ja! So ist es.«

Sofort überzog ein feines Lächeln das Gesicht von Frau Holzmantel.

»Ja, kennst du mich denn nicht mehr? Ich bin es, Inge! Vor meiner Heirat hieß ich *Bischof.*«

»Inge Bischof? Nein!« Frau Altmann konnte es nicht fassen. Die anderen am Tisch horchten auf. Die zwei Frauen kannten sich, wie ungewöhnlich und bewegend. Das wurde jetzt bestimmt sehr interessant.

»Inge, wie kommst du denn hierher?«

»Da staunst du, was? Das ist eine lange Geschichte. Am besten, du kommst gleich nach dem Essen zu mir und dann erzähle ich dir alles ganz genau.«

Inge und Frieda waren zusammen im Internat gewesen, hatten dort ihren Schulabschluss gemacht und später beide eine Banklehre begonnen, die aber nur Frau Altmann abgeschlossen hatte. Frau Holzmantel hatte schnell gemerkt, dass diese Ausbildung nichts für sie war. Stattdessen hatte sie dann Deutsch und Literatur studiert. Bis zur Hochzeit von Frau Altmann und der Geburt ihrer Tochter Ulrike waren die beiden jungen Frauen eng befreundet gewesen. Aber dann war Inge mit ihrem Freund nach Bayern gezogen und ihr Kontakt war irgendwann abgebrochen.

Vor fünf Jahren nun war Inge in ihre Heimatstadt zurückgekommen und hatte sich schließlich dafür entschieden, in die Seniorenresidenz »Feierabend« umzuziehen.

Kaum waren die beiden Frauen nach dem Abendessen im Zimmer von Inge angekommen, begann es aus ihr herauszusprudeln: »Setz dich doch, Frieda! Bis auf diesen Karton, der da noch in der Ecke steht, habe ich schon alles fertig eingeräumt. Schau, meine neue Bleibe sieht doch gut aus, oder?«

»Ja, wirklich nett. Ich wohne selbst auch noch nicht so lange hier, erst seit Mitte November. Nach meinem Oberschenkelhalsbruch wollten meine Kinder nicht, dass ich noch weiter allein in meinem alten Haus lebe. Seit mein Dieter – du hast ihn ja noch kennengelernt – vor acht Jahren verstorben ist, war es dort schon ganz schön einsam. Aber nun habe ich hier einen guten Platz bekommen und wohne nur vier Zimmer von dir entfernt.«

»Na so was, ausgerechnet in einem Seniorenheim treffen wir beide uns wieder – das ist ja zum Piepen!«

Und nun erzählten sie einander ganz ausführlich, was sie in den vergangenen Jahrzehnten erlebt hatten. Es war schön, nach so vielen Jahren wieder unter einem Dach zu leben und nun sogar gemeinsam Weihnachten feiern zu können.

Am Heiligen Abend nahmen alle Bewohner ihre Mahlzeiten in ihren Zimmern ein. Danach fand in der hauseigenen Kapelle der Weihnachtsgottesdienst statt. Anschließend ging es zur Weihnachtsfeier in den großen, sehr ansprechend geschmückten Speisesaal, in dem nun auch ein schöner großer Tannenbaum stand. Er war mit Strohsternen, kleinen Kunstäpfelchen und elektrischen Kerzen geschmückt.

Auf jedem Platz lagen Weihnachtsgeschenke vom Haus, die als liebevolle Geste gedacht waren. Für manche Bewohner, die keine Angehörigen mehr hatten, war es das Einzige, was sie zu Weihnachten geschenkt bekamen. Es gab eine Flasche Wein oder auch Saft, ein Buch bzw. Hörbuch, neue Handtücher und eine schöne warme Wolldecke. Auf den Tischen waren Knabbersachen, Weihnachtsplätzchen, Nüsse, Mandarinen und Getränke verteilt. Es wurde viel gesungen und die Leiterin des Seniorenheimes, Frau Haller, las Weihnachtsgeschichten vor. Herr Keller spielte einige Klavierstücke aus seinem Repertoire und Frau Schnabel trug sogar ein Gedicht vor.

Es war eine sehr schöne Weihnachtsfeier und alle hatten ihre Freude daran. Inge und Frieda sahen einander glücklich an und Inge meinte: »Frieda, das ist ja fast wie früher, als wir beide noch zusammen im Internat waren!«

»Ja, du hast recht, der Kreis schließt sich

hier. Nur mit dem Unterschied, dass wir jetzt zwei alte Schachteln und keine jungen Hüpfer mehr sind. Ob wir aber mit dem Alter gescheiter geworden sind, das bezweifle ich manchmal.«

»Aber das Leben ist noch nicht zu Ende, Frieda, darum lass uns jeden Augenblick, den wir noch zusammen erleben können, richtig genießen und Gott dafür dankbar sein. Und bei Dankbarkeit fallen mir auch gleich meine Kinder wieder ein, die mich zu diesem Schritt ins Seniorenheim ermutigt haben. Bei ihnen muss ich mich wohl auch bedanken, dass ich jetzt hier bin und dich wiedergefunden habe!«

Frieda nahm sich diese Worte ihrer Freundin Inge zu Herzen. Als ihre Kinder Ulrike und Heinz am ersten Weihnachtsfeiertag zu Besuch kamen, trafen sie ihre Mutter glücklich und sehr zufrieden in ihrem Zimmer an. Und wie sehr staunten sie erst, als ihre Mutter sich bei ihnen ganz herzlich bedankte.

»Kinder, ich bin euch so dankbar! Das mit der Seniorenresidenz hier war eine sehr gute Idee von euch beiden.« Und nun erzählte sie ihnen von der Begegnung mit ihrer alten Jungendfreundin Inge.

»Und gestern haben wir zusammen Weihnachten gefeiert. Nein, dass wir uns ausgerechnet hier unter dem Tannenbaum wiedergefunden haben – das ist wirklich eine gelungene Weihnachtsüberraschung!«

Vorlesezeit: 13 Minuten

Manuel, mein Weihnachtskind

»In diesem Jahr bekommst du von mir ein ganz besonderes Weihnachtsgeschenk, mein lieber Schatz!«

»Du hast *jetzt schon* ein Weihnachtsgeschenk für mich gekauft?«

»Nicht gekauft. Es ist sozusagen selbst gemacht und genau zu Weihnachten fertig. Insgesamt wird es dann neun Monate in Arbeit gewesen sein.«

»Für welches Geschenk braucht man denn neun ganze Monate, bis ... Nein, halt! Bist du etwa ...?«

»Schwanger! Wir bekommen ein Baby.«

Claudia und Patrick Lambrecht waren

überglücklich. Voller Freude tanzten sie ausgelassen um den Küchentisch herum. Schon so lange wünschten sie sich Nachwuchs. Nun endlich durfte das junge Paar auf sein erstes Kind hoffen und das auch noch zu Weihnachten!

Einige Monate später war Claudia nach einem auffälligen Befund auf dem Weg zu ihrer Frauenärztin, bei der sie eine Fruchtwasserpunktion durchführen lassen wollte. Sie war etwas ängstlich und hoffte, dass diese Untersuchung ihrem Kind nicht schaden würde.

Als Claudia später von der Ärztin die Untersuchungsergebnisse mitgeteilt bekam, war sie sehr betroffen. Damit hatte sie nicht gerechnet. Die freundliche Ärztin war sehr einfühlsam und unterhielt sich lange mit ihr.

»Lassen sie sich durch nichts und niemanden zu einer Entscheidung drängen, die sie hinterher bereuen könnten. Es ist ihr Kind und wenn sie es behalten wollen, freue ich mich und begleite sie sehr gerne weiter.«

Als Patrick am Abend nach Hause kam und seine Frau ansah, wusste er sofort, dass etwas geschehen sein musste.

»Schatz, was ist? Ist etwas mit unserem Kind?«

»Die Ärztin meint, dass unser Kind wahrscheinlich mit einer Behinderung zur Welt kommt – Trisomie 21, Downsyndrom.«

Patrick nahm seine Frau liebevoll in den Arm, um sie zu trösten und zu beruhigen. Aber auch ihm wurde es schwer ums Herz.

»Ist das ganz sicher?«

»Die Laborergebnisse deuten ziemlich sicher darauf hin.«

»Und wie geht es dir damit?«

»Ich weiß nicht ... ich habe mir so sehr ein Kind gewünscht.«

»Liebes, bitte setz dich nicht unter Druck. Ich stehe zu dir, zu euch. Egal, wie du dich entscheidest: Ich bin bei dir.«

»Danke!« Patrick nahm seine Frau erneut in den Arm, bis sie sich wieder einigermaßen beruhigt hatte.

Aber auch er selbst fand in den Armen seiner Frau Trost und Halt. Es war so wohltuend, sie ganz nah bei sich zu spüren. Es war ihm wichtig, dass sie zusammenhielten, einander liebten und vertrauten. Wie oft hatte sie ihn in seinen beruflichen Planungen und Entscheidungen unterstützt. Jetzt aber war eine Situation eingetreten, die sie beide fast überforderte. Wie sollten sie damit umgehen? Patrick fing sogar an zu beten. Das kannte er zwar noch aus seinem Elternhaus, hatte aber als Erwachsener nie einen Bezug zu Gott gehabt. Doch wenn es ihn wirklich gab, dann war er der Einzige, der ihnen in einer solchen Situation beistehen konnte. Gott konnte ihnen helfen, ein Kind mit Behinderung von Herzen anzunehmen. Oder er konnte ihnen trotz der Diagnose der Frauenärztin ein vollkommen gesundes Kind schenken. Denn das wusste er aus der Forschungsabteilung des Betriebes, den er leitete: Laborbefunde konnten trotz großer Sorgfalt auch schon mal falsch sein. Claudias Mann war ein sehr erfolgreicher Geschäftsmann mit Hunderten von Angestellten. Wenn es Schwierigkeiten gab und wichtige Entscheidungen getroffen werden mussten, dann wusste er stets, was zu tun war. Aber hier, wo es ausgerechnet um sein eigenes Kind ging, konnte er nichts tun. Ihm wurde klar, wie ohnmächtig er doch im

Grunde genommen war. Es war eben nicht alles machbar, kalkulierbar und planbar.

Am Nachmittag traf sich Claudia mit ihrer Freundin Ulrike in der Stadt im Café Heyer. Aber das Gespräch mit ihrer Freundin verlief nicht so, wie sie sich das erhofft hatte.

»Willst du das Kind wirklich zur Welt bringen? Immerhin weißt du nicht, wie stark die Behinderung sein wird. In jedem Fall ist ein Kind mit Downsyndrom meist lebenslang auf Hilfe angewiesen.«

»Ja, aber es gibt so viele gute Einrichtungen, die uns unterstützen können – z. B. heilpädagogische Zentren mit Kindergärten, Schulen, Ausbildungsstätten und eigenen Betrieben, in denen junge Menschen mit Downsyndrom gefördert werden. Und später, wenn sie erwachsen sind, gibt es sogar Wohngruppen.«

»Also, ich weiß nicht ... na, wie du meinst!«

Als sich Claudia später auf den Heimweg machte, dachte sie deprimiert über die Reaktion ihrer Freundin nach. So schnell würde sie Ulrike nicht wiedersehen.

Als sie durch den schönen Stadtpark kam, nahm sie auf einer der vielen Sitzbänke Platz. Sie wollte noch nicht nach Hause gehen. Es war so ein schöner Tag. Die Temperaturen waren für diese Jahreszeit schon angenehm mild. Die Sonne schien vom wolkenfreien blauen Himmel. Vor allen Dingen hier, wo sie etwas windgeschützt saß, spürte sie, welche Kraft die Sonne schon hatte. Sie sah auf den stillen See hinaus und beobachte die zahlreichen Enten, die munter ihre weiten Kreise auf dem Wasser zogen.

Sie musste daran denken, dass ihre Eltern noch nichts von dem besorgniserregenden Befund wussten. Sie hatte auch Patrick gebeten, zunächst nichts zu erzählen. Dabei hätte sie so gerne mit ihrer Mutter, der sie immer alles anvertrauen konnte, gesprochen.

Ihre Eltern waren gläubige Christen. Sie gingen jeden Sonntag zur Kirche und hatten sie christlich erzogen. Von ihnen hatte sie gelernt, wie wertvoll und schützenswert jedes Leben war. Für ihre Eltern war jeder Mensch einzigartig und von Gott geliebt. Sie würden kein Verständnis zeigen, sollte Claudia sich gegen ihr Kind entscheiden und ihnen damit das lang ersehnte Enkelkind nehmen. Doch Claudia musste für sich und ihr Kind eine Entscheidung treffen und diese vor ihrem Gewissen und auch vor Gott verantworten.

In diesem Moment fiel ihr das kleine nette Café in der Innenstadt ein. Wenn sie gerade in der Nähe unterwegs war, kehrte sie oft dort auf einen Cappuccino ein. In dem von der Diakonie betriebenen Café waren auch zwei Menschen mit Downsyndrom beschäftigt, Judith und Manuel. Judith stand meist hinter der Theke, während Manuel ausschließlich die Gäste bediente. Das machte Manuel sehr gut und es bereitete ihm offensichtlich viel Freude. Der junge Mann war immer sehr freundlich und höflich. Wenn nicht viel zu tun war, unterhielten sie sich miteinander. Claudia mochte Manuel sehr: Er hatte ein liebes Gesicht und freute sich immer aufrichtig, sie zu sehen. Mit einem Mal, während sie so über Manuel und auch Judith nachdachte, wusste Claudia: Sie wollte ihr Kind behalten! Wenn Gott ihr ein Kind mit Behinderung anvertraute, dann würde er ihr auch die Kraft geben, es von ganzem Herzen zu lieben. Jedes Kind war ein Geschenk Gottes. Ein Geschenk, das man sich nicht aussuchte oder auf das man ein Anrecht hatte. Claudia wollte ihr Kind aus Gottes Hand annehmen und ihr Mann Patrick würde sie darin unterstützen, das hatte er schon zugesagt. Auch ihre Eltern, da war Claudia sich sicher, würden ihren Entschluss mittragen. Sie stand also nicht alleine da.

Die Weihnachtszeit rückte immer näher. Der voraussichtliche Geburtstermin war für den sechsundzwanzigsten Dezember berechnet. Das würde in diesem Jahr ein sehr spannendes und wahrscheinlich aufregendes Weihnachtsfest für sie alle werden. Ihre Eltern hatten sich zu Weihnachten bei ihnen im Haus einquartiert, um ihnen zu helfen. Ihre Mutter wirbelte in der Küche und im übrigen Haus herum und war ganz in ihren Element.

Die Krankenhaustasche stand schon seit einigen Tagen fertig gepackt im Flur. Und oben im frisch tapezierten und liebevoll eingerichteten Kinderzimmer war alles für den Nachwuchs vorbereitet, auch wenn es für Claudia von Tag zu Tag beschwerlicher geworden war. Kurz vor Weihnachten hatten sie noch Babysachen eingekauft. Aber jetzt war alles fertig vorbereitet und sie konnte mit ihrem Mann und ihren Eltern in aller Ruhe Weihnachten feiern.

Als Claudia ganz ruhig und allein im Wohnzimmer neben dem Tannenbaum saß und die Ruhe vor dem Sturm genoss, musste sie mit einem Mal an die Weihnachtsgeschichte aus der Bibel und an Maria denken – diese junge tapfere Frau, die ihr Kind, den Sohn Gottes, unter einfachen Umständen in einem Stall zur Welt gebracht hatte. Wie viel besser hatte sie es heutzutage! Es gab Geburtskliniken, Stationen, Hebammen und Frauenärzte. So gut war Maria damals nicht versorgt gewesen. Claudia war sehr dankbar, dass die Medizin und das Gesundheitswesen heute so weit fortgeschritten waren.

Gegen achtzehn Uhr gab es Abendbrot, wie jedes Jahr am Heiligen Abend Kartoffelsalat mit Würstchen. Danach wollten sie einander ihre Geschenke geben. Aber kaum waren sie mit dem Essen fertig, bekam Claudia ihre ersten Wehen. Sie ließen sofort alles stehen und liegen und Patrick fuhr mit seiner Frau in die Klinik. Dort ging alles erstaunlich schnell. Claudia bekam Wehe auf Wehe, immer heftiger und in immer kürzeren Abständen. Bald schon war sie im Kreißsaal und nicht lange danach entband sie ihr erstes Kind. Der kleine Wurm schrie empört mit lauter, kräftiger Stimme.

»Ein Junge, Frau Lambrecht! Der kleine Mann hatte es ja ganz besonders eilig, endlich auf die Welt zu kommen. Gratuliere!«

»Wie sieht es mit seiner Behinderung aus?«, fragte Claudia zaghaft und auch ihr Mann blickte sorgenvoll.

»Frau Lambrecht, ihr Junge scheint gesund zu sein, ich kann nichts erkennen.«

Der Arzt hielt den kleinen Jungen hoch und legte ihn dann ganz behutsam in den Arm der Mutter.

Claudia wusste nicht, wie ihr geschah. Auch Patrick war ganz gerührt und glücklich. Vorsichtig strich er seinem Sohn über den Kopf und gab seiner Frau einen Kuss.

Später auf dem Zimmer durften auch Claudias Eltern ihr Enkelkind auf den Arm nehmen. Kurze Zeit danach trafen noch Patricks Eltern ein. Die frischgebackenen Omas und Opas waren ganz entzückt über ihren winzigen süßen Enkelsohn. War das eine

Weihnachtsfreude! Und wie Claudia sich erst freute! Sie war unglaublich dankbar für ihren gesunden Sohn. Aber was hatte es mit dem Untersuchungsergebnis auf sich gehabt? Hatte ihre Frauenärztin sich getäuscht? War der Befund im Labor verwechselt worden? Oder hatte Gott ein Wunder geschehen lassen? Sie wusste es nicht. Was sie aber wusste: Sie hatte einem gesunden Jungen das Leben geschenkt. Wirklich *geschenkt*, weil sie auf ihr Gewissen gehört und auf Gott vertraut hatte.

»Wie soll der kleine Mann heißen?«, rissen ihre Eltern Claudia aus ihren Gedanken. Nachdenklich sah sie ihrem Mann zu, wie er seinen Sohn glücklich und zufrieden in seinen starken Armen hielt.

»Ich möchte, dass wir ihm den Namen *Manuel* geben!«, sagte sie.

Patrick nickte ihr bestätigend zu. Er war von ganzem Herzen damit einverstanden. Lächelnd sagte er mit einem Blick auf seinen Sohn:

»Willkommen in der Familie, Manuel, mein Weihnachtskind!«

Vorlesezeit: 10 Minuten

Dein Baum, mein Baum, o Tannenbaum!

Richard hatte eigentlich überhaupt keine Lust, aber er hatte seiner Schwester hoch und heilig versprochen, sich darum zu kümmern. Und eigentlich konnte sich Meike auf ihren großen Bruder zu hundert Prozent verlassen. Wenn Richard etwas versprach, dann hielt er es auch. Sein Schwager Burghard, der Mann seiner Schwester, würde erst im Lauf des vierundzwanzigsten Dezembers von seiner Dienstreise zurückkehren. Und Meike hatte bis dahin mit ihren drei Kindern alle Hände voll zu tun und keine Zeit, auch noch loszulaufen und einen passenden Weihnachtsbaum zu besorgen. Also hatte sie ihren Bruder

Richard angerufen und ihn gebeten, doch bitte für ihre Familie einen Weihnachtsbaum zu kaufen. Diesen könnte er dann gleich am Heiligen Abend mitbringen, den Richard in diesem Jahr bei seiner Schwester und deren Familie verbrachte. Und da Richard seiner kleinen Schwester keinen Wunsch abschlagen konnte, hatte er natürlich sofort zugesagt: »Ja klar, das mach ich doch gerne für dich!«

Aber Richard hatte sich zunächst Zeit gelassen. So früh musste man ja keinen Weihnachtsbaum holen. Bis zum vierundzwanzigsten Dezember bot laut Zeitung der Verkaufsstand am alten Rathaus eine reiche Auswahl an Tannenbäumen an. Also hatte Richard entschieden, erst dann einen Weihnachtsbaum zu kaufen. Da hatte er allerdings noch nicht gewusst, wie hektisch und ungewöhnlich dieser vierundzwanzigste Dezember verlaufen würde ...

Der Heilige Abend kam und ein großer Zirkus gastierte auf dem Festplatz am anderen Ende der Stadt. Richard war bei den öffentlich-rechtlichen Fernsehanstalten als Techniker angestellt. Und ausgerechnet heute gab es im Übertragungswagen, der die große Zirkusshow am Abend live im Fernsehen übertragen sollte, Probleme. Also musste Richard – ob er wollte oder nicht – quer durch die ganze Stadt zum Zirkus fahren. Eigentlich hatte er schon Feierabend und keinen Bereitschaftsdienst. Aber wie das so ist: Ein Kollege war krank geworden, einer im Urlaub und ein anderer war ins Sendestudio der Stadt gerufen worden, um ein defektes Kabel auszutauschen und noch einige andere Reparaturen durchzuführen.

Die Panne im Übertragungswagen konnte Richard schnell beheben, denn er hatte zum Glück das entsprechende Ersatzteil dabeigehabt. Und so raste er, nachdem die reibungslose Übertragung gesichert war, zurück in die Stadt. Für alles andere waren nun seine Kollegen vor Ort verantwortlich. Er hatte Dienstschluss. Die Fahrerei und die Reparatur im Übertragungswagen hatten ihn leider viel Zeit gekostet. Aber wenigstens hatte der Tannenbaum-Verkaufsstand am alten Rathaus noch nicht geschlossen.

Tina Gerke hatte endlich Feierabend – und nicht nur das. Bis über den Jahreswechsel hinaus hatte sie auch noch Urlaub. Den brauchte sie auch, denn Tina war richtig geschafft. Die letzten Tage im Büro waren sehr stressig gewesen, dafür hatte Tinas Chef schon gesorgt. Aber jetzt war es ja zum Glück geschafft. Schnell fuhr sie nach Hause und zog sich bequemere Kleidung an. Eine Jeans, Pullover und Stiefel. Alle nötigen Lebensmittel für sich hatte sie schon in den vergangenen Tagen eingekauft. Draußen fiel sachte der erste Schnee. Eigentlich war Tina zu Weihnachten immer bei ihren Eltern. Aber diese hatten sich anlässlich ihres fünfzigsten Hochzeitstages in diesem Jahr zu Weihnachten eine Mittelmeerkreuzfahrt geschenkt. Nun schipperten die beiden bis Neujahr zwischen Malta, Italien, Monaco und Korsika umher und waren also Weinachten nicht zu Hause. Das fand Tina gar nicht so gut. Erstens wegen der Kreuzfahrt, da Kreuzfahrtschiffe eine enorme Belastung für die Umwelt darstellten. Zweitens wegen des Zeitpunkts, da ihre Eltern ausgerechnet an Weihnachten und Neujahr nicht zu Hause waren. Nun ja, Tina musste es hinnehmen. Dafür hatte sie über die Feiertage wirklich Ruhe und konnte sich ausreichend erholen. Jetzt fehlte nur noch ein vernünftiger Tannenbaum. Denn auf diesen wollte sie nicht auch noch verzichten. Sie würde ihn schön schmücken und dann war sie für Weihnachten bereit. Schnell zog sie ihre Winterjacke über und ging zu Fuß zum Verkaufsstand am nahe gelegenen Rathausplatz.

Glücklicherweise gab es dort noch eine gute Auswahl an Tannenbäumen. Bald hatte sie einen mittelgroßen schön gewachsenen Baum ausgesucht. Der Verkäufer zog ein Schutznetz darüber und Tina bezahlte. Als sie den Baum anhob, war er schwerer, als sie vermutet hatte. Doch ihre Wohnung war nicht weit. Also wuchtete sie den Baum auf ihre Schulter und stiefelte tapfer drauflos. Doch plötzlich wurde sie von einem fremden Mann überholt, der sie mit den Worten anhielt: »Halt, junge Frau! Sie haben den falschen Baum erwischt.«

Tina sah den Fremden irritiert an.

Der fügte bestimmt hinzu: »Das ist *mein* Baum und nicht *ihr* Baum!«

»Dass ich nicht lache! Das ist ein ganz schlechter Trick, um kostenlos an einen

Weihnachtsbaum zu kommen – aber nicht mit mir. Dieser Baum ist *mein* Baum.«

Inzwischen hatte Tina ihren Baum von der Schulter gleiten lassen und vor sich auf den Bürgersteig gestellt. Irgendwie erschien ihr der Baum tatsächlich etwas größer zu sein als der, den sie sich ursprünglich ausgesucht hatte. Aber das war bestimmt nur eine Sinnestäuschung. Doch dieser Mann da vor ihr, der war leider keine Sinnestäuschung.

Er entgegnete ihr beharrlich: »Sie haben ihren Baum, der übrigens dreißig Zentimeter kürzer als mein Baum ist, auf dem Platz stehen lassen. *Dieser* Baum hier jedoch ist mein Baum. Eine kleine Verwechslung! Kann ja mal vor kommen. Ist ja auch nicht so schlimm.«

»Ich glaube, Sie träumen!«, fuhr Tina ihn an. »Diesen Baum hier habe ich ausgesucht und bezahlt. Es ist also *mein* Baum und nicht *ihr* Baum.«

»Bezahlt haben Sie, das stimmt – aber nicht *diesen* Baum hier. *Ihr* Baum steht noch am Verkaufsstand. Wir beide gehen jetzt schön brav zusammen zurück, ich helfe ihnen auch gerne tragen. Und dann nimmt jeder seinen eigenen Baum und wir gehen wieder getrennte Wege.«

»Ich denke ja gar nicht dran! Gehen Sie mir jetzt endlich aus dem Weg, damit ich meinen Baum nach Hause bringen kann!«

»Bitte, junge Frau, kommen Sie mit mir zurück und überzeugen Sie sich selbst.«

»Also gut – aber nur, damit Sie endlich Ruhe geben! Sonst stehen wir am zweiten Weihnachtsfeiertag immer noch hier und dem Baum fallen vor lauter Verzweiflung die Nadeln ab.«

Als sie endlich zum Verkaufsstand zurückkamen, war dieser bereits geschlossen.

»Na toll! Wegen Ihnen habe ich jetzt keinen Weihnachtsbaum. Meine Schwester reißt mir den Kopf ab. Wissen Sie überhaupt, was Sie angerichtet haben? Die Familie meiner Schwester sitzt jetzt mit ihren drei kleinen Kindern über Weihnachten zu Hause und hat keinen Tannenbaum.« Und nun erzählte er voller Verzweiflung seine ganze Geschichte und warum er unbedingt diesen Tannenbaum haben musste.

»Also gut!«, gab Tina schließlich nach. »Ich bin Weihnachten sowieso allein zu Hause. Eigentlich brauche ich nicht unbedingt einen Tannenbaum. Hier, nehmen Sie ihn ruhig mit.«

»Danke, das ist sehr nett von Ihnen! Wieviel schulde ich Ihnen für den Baum?«

»Geschenkt! Ich will kein Geld von Ihnen.«

»Wirklich?« In diesem Moment kam Richard eine ungewöhnliche Idee.

»Dann kommen Sie doch mit zu meiner Schwester. Ich lade Sie ein. Dann müssen Sie nicht allein und dazu noch ohne Tannenbaum zu Hause sitzen.«

»Das meinen Sie nicht im Erst! Ich kenne Sie doch gar nicht.«

»Richard Urban.« Er reichte ihr freundlich die Hand.

»Tina Gerke.« Versöhnt nahm sie seine Hand entgegen.

Und so fuhren sie zusammen in seinem Wagen und dem Tannenbaum, den sie nur mit viel Mühe hinten im Wagen untergebracht hatten, zu seiner Schwester.

»Hallo, ich bin da! Und ich habe nicht nur den gewünschten Tannenbaum mitgebracht, sondern auch noch einen lieben Weihnachtsgast, Schwesterherz.«

»Schön, kein Problem – ich habe sowieso zu viel Essen vorbereitet.«

»Guten Abend. Ich bin Tina!«

»Guten Abend und herzlich willkommen. Ich bin Meike. Mein Mann ist gerade erst von seiner Dienstreise heimgekommen. Er ist noch im oberen Stockwerk, wird aber bald bei uns sein.«

»Ja, dann stell ich schon mal den Baum auf«, meinte Richard und brachte den Baum in das Wohnzimmer, wo schon alles für die Tanne vorbereitet war. Wenig später kam auch Meikes Mann Burghard und begrüßte Richard und die junge Frau, die sein Schwager als Überraschungsgast mitgebracht hatte.

»Die Kinder sind noch oben in ihren Zimmern, die dürfen erst herunterkommen, wenn der Baum fertig geschmückt ist und die Geschenke unter dem Tannenbaum liegen. Dann machen wir die Bescherung und anschließend gibt es unser Weihnachtsessen.«

Die drei machten sich zusammen an die

Arbeit und schmückten den Baum. Zwischendurch huschte Burghard schnell in die Küche zu seiner Frau.

»Du hast mir gar nicht gesagt, dass dein Bruder eine neue Freundin hat. Diesmal hat er ja richtig Geschmack bewiesen. Nicht wieder so ein dürres Modepüppchen«, flüsterte er.

»Ich hatte selbst keine Ahnung. Ich glaube aber, die kennen sich noch nicht so lange.«

Eine Stunde später war es dann so weit: Der Baum stand hell leuchtend und schön geschmückt im Wohnzimmer, darunter lagen viele bunt eingepackte Geschenke und die Kinder kamen gespannt die Treppe heruntergestürmt. Zuerst wurde »O Tannenbaum« gesungen, dann war es endlich so weit: Bescherung! Darauf hatten Max, der mit seinen sieben Jahren der Älteste war, und die fünf Jahre alten Zwillinge Lucia und Hanna schon den ganzen Tag fieberhaft gewartet. Beim Auspacken der vielen Geschenke machten die Kinder wie jedes Jahr große Augen.

»Oh! Mama und Papa, danke für die neue

Puppe, die hab ich mir so sehr gewünscht. Ist die aber schön!«

»Und ich habe einen Tretroller bekommen.«

»Danke! Neue Fußballschuhe in meiner Lieblingsfarbe. Cool!«

Und so ging das eine ganze Weile. Auch Richard hatte für jedes Kind ein Geschenk mitgebracht. Für seine Schwester und deren Mann hatte er Opernkarten und gab ihnen auch gleich das Versprechen, dann auf die kleine Rasselbande aufzupassen, damit sie diesen Abend genießen konnten. Er wusste, wie gerne seine Schwester in die Oper ging. Natürlich bekam auch Richard ein Geschenk und sogar Tina wurde ein kleines Geschenk überreicht.

»Der Weihnachtsbaum ist übrigens ein Geschenk von Tina. Ich war leider zu spät. Der Verkaufsstand war schon geschlossen.« Bei diesen Worten lächelte Richard Tina verschmitzt zu. »Aber das erzähle ich euch später ausführlich, beim Essen!«

Das war für Meike das richtige Stichwort, die in die Küche ging und dann mit der Hilfe von Burghard das Lieblings-Weihnachtsessen der Kinder auftischte: Nudelsalat mit Ei, Frikadellen und Würstchen.

Es wurde ein schöner Abend. Als die Kinder schon längst im Bett waren, saßen die Erwachsenen noch lange im Wohnzimmer beisammen und plauderten. Tina war richtig aufgetaut. Und Meike dachte so bei sich, dass ihr Bruder nun endlich eine vernünftige Freundin gefunden hatte. Die beiden passten hervorragend zusammen. Aber das wussten Tina und Richard an diesem Abend selbst noch gar nicht.

Einen Tag später besuchte Tina den Weihnachtsgottesdienst in der benachbarten Thomaskirche, an dem sie auch sonst jedes Jahr mit ihren Eltern zusammen teilnahm. Ihre Eltern waren auch sonst fleißige Gottesdienstbesucher. Da es am Abend zuvor recht spät geworden war, fühlte sich Tina noch etwas müde. Doch es hatte sich gelohnt – der Heiligabend war sehr schön gewesen, ein wenig so wie früher, in ihrer Kindheit. Diese Familie war so reizend und unkompliziert. Meike, die Schwester von Richard, wirkte aufgeschlossen und sympathisch. Sie beide hatten sich sogar für die kommende Woche zum Frühstück in der Stadt verabredet. Darauf freute sich Tina schon. Und auch mit Richard hatte sie sich nach dem anfänglichen Gerangel um den Tannenbaum sehr gut verstanden. Eigentlich war er gar nicht ihr Typ. Aber war das wirklich so entscheidend? Hauptsache, man verstand sich gut. Nach dem Fest hatte er sie zwar nach Hause gefahren, aber sie waren beide schon zu müde gewesen und hatten vergessen, ihre Handynummern auszutauschen.

Der Weihnachtsgottesdienst war gut besucht. Gerade wollte sie im mittleren Teil des Kirchenschiffes auf der rechten Seite Platz nehmen, als sie eine bekannte Stimme hinter sich hörte.

»Nun laufe ich dir heute schon wieder nach. Guten Morgen und frohe Weihnachten!« Es war Richard.

»Wo kommst du denn plötzlich her?«, fragte Tina erstaunt.

»Ich wollte eigentlich zum Frühstück in die Stadt fahren. Aber dann habe ich dich im Vorbeifahren vom Auto aus gesehen. Ich habe mir schnell einen Parkplatz gesucht und bin dir mal wieder hinterhergelaufen.«

»Na, hoffentlich wird das nicht zur Gewohnheit?«

»Gegen diese Gewohnheit hätte ich nichts einzuwenden.«

Nach dem Gottesdienst fuhren sie in die Stadt, um im Café Hauser gemeinsam gemütlich zu frühstücken. Dieses Mal vergaßen sie nicht, ihre Handynummern auszutauschen.

Als Tinas Eltern sich später am ersten Weihnachtsfeiertag telefonisch bei ihr meldeten und sie fragten, wie sie Weihnachten verbracht hatte, meinte Tina lachend:

»Ich hatte eine sehr schöne Bescherung. Wenn ihr dann endlich mal wieder zu Hause seid, stelle ich sie euch auch vor. Also weiterhin gute Fahrt und frohe Weihnachten!«

Vorlesezeit: 12 Minuten

Zum Schluss

Alle Namen und Handlungen sind von mir frei erfunden. Einige Gebäude, Straßen und Orte gibt es tatsächlich, anderes entspringt nur meiner Fantasie.

Das ist mir wichtig

Weihnachten findet im Herzen und nicht auf dem Gabentisch statt. Nicht Konsum und Reichtum und viele Geschenke bescheren uns eine schöne Weihnachtszeit. In jener Nacht von Bethlehem vor zweitausend Jahren wurde Gott in seinem Sohn Jesus arm für uns, damit wir durch ihn reich werden, innerlich reich. Denn Gott beschenkt uns mit seiner Liebe, Vergebung, Gnade und Treue. Jeden Tag neu. Nehmen wir dieses Geschenk an.

Zu meiner Person

1956 in Mönchengladbach geboren, war ich viele Jahre im sozialdiakonischen und kirchlichen Bereich tätig. Zuletzt durfte ich Menschen mit körperlicher und geistiger Behinderung begleiten. Heute lebe ich als Rentnerin glücklich und zufrieden wieder in meiner Heimat am linken Niederrhein.

Max Lucado
Die Weihnachtskerze
ISBN 978-3-96362-165-9
123 Seiten, kartoniert

Alle 25 Jahre wiederholt sich im Herzen Englands ein Wunder. Kurz vor Weihnachten erscheint ein Engel im Haus des Kerzenmachers Haddington und berührt eine seiner Kerzen. Denjenigen, der diese Weihnachtskerze erhält, erwartet großer Segen.

Die Haddingtons aber stehen seit Generationen vor einer schwierigen Entscheidung: Wem sollen sie die Kerze diesmal schenken? Wer wäre ein würdiger Empfänger?

Pfarrer Richmond, Gemeindehirte zur Zeit von Königin Victoria, hat so seine Zweifel an dem unbegreiflichen Phänomen. Bis zu dem Weihnachtsfest, an dem etwas Außergewöhnliches passiert ...

Eine wunderschöne Geschichte über den Glauben der Menschen und die Kraft des Gebets.